「さ、兄さん、まだ一緒に踊る約束を果たしてもらっていません」

アレンの義妹

カレン

の生徒会副会長に
の少女。ティナや
、もう一人の先生。
い秘伝を授けられ
だならぬ背景を持

公女殿下の家庭教師 17

Tutor of the His Imperial Highness princess

「気になったのを分ける？」
「次は何にしましょう？」
ハワード公爵家次女
ティナ
四大公爵家であるハワード家に産まれながら魔法を全く使えなかった少女。アレンの指導の下、才能を爆発的に開花させ、王立学校に主席で入学した。
勇者
アリス
長い白金髪で、人形の如き美貌を持つ少女。『勇者』の称号を受け継ぎ、各国上層部からは恐れられている。眠りについている時間が徐々に長くなっているようだ。

「――美味しいです。世界で一番」

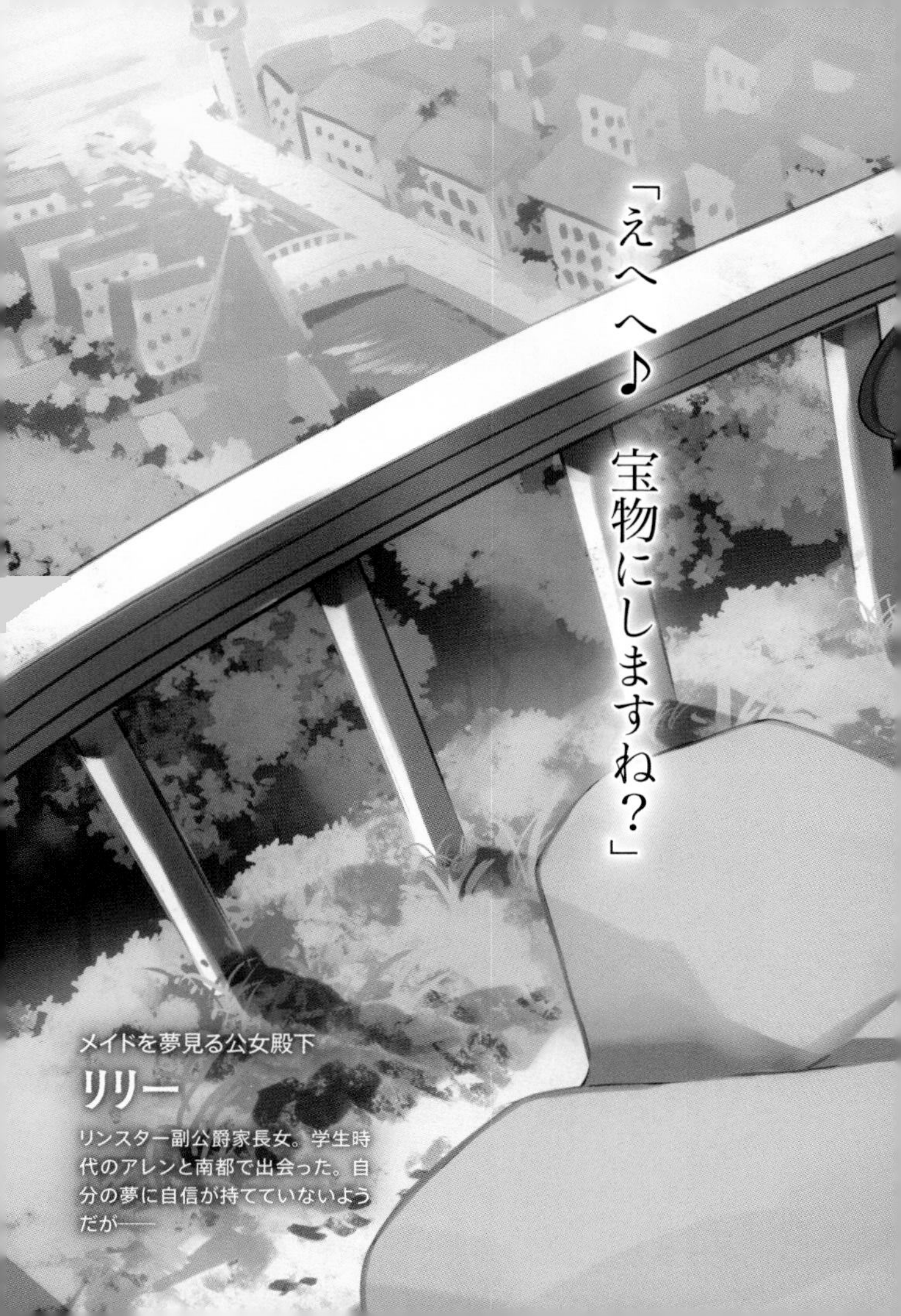

「えへへ♪　宝物にしますね？」

メイドを夢見る公女殿下

リリー

リンスター副公爵家長女。学生時代のアレンと南都で出会った。自分の夢に自信が持てていないようだが――

「に、兄さん……あの……………」

少し遅れて歩いて来たのは、
恥ずかし気に目を伏せながらも、期待と不安に揺れ動く、
大人びた紫のドレスを着た狼族の少女だった。
胸元には僕が贈ったネックレスが輝いている。
公女殿下の家庭教師
アレン
魔法の制御においては余人の及ばぬ領域にありながらも、己の実力に無自覚な青年。アリスに呼び出された帝国で、妹と共に皇帝に謁見することに。

CONTENTS

Tutor of the
His Imperial Highness princess

公女殿下の家庭教師17
星継ぎし天槍

七野りく

ファンタジア文庫

3422

口絵・本文イラスト　cura

公女殿下の家庭教師17

星継ぎし天槍

Tutor of the His Imperial Highness princess

The Celestial Lance,
Successors of the Star

CHARACTER
登場人物紹介

『公女殿下の家庭教師』
『剣姫の頭脳』

アレン

博覧強記なティナたちの家庭教師。少しずつ、その名声が国内外に広まりつつある。

『アレンの義妹』
『王立学校副生徒会長』

カレン

しっかり者だが、兄の前では甘えたな狼族の少女。ステラ、フェリシアとは親友同士。

『雷狐』

アトラ

八大精霊の一柱。四英海の遺跡でアレンと出会った。普段は幼女か幼狐の姿。

『勇者』

アリス・アルヴァーン

絶対的な力で世界を守護する、優しい少女。

『ウェインライト第一王女』
『光姫』

シェリル・ウェインライト

アレン、リディヤの王立学校同期生。リディヤと互角の実力を持つ。

『王国最凶にして
最悪の魔法士』

教授

アレン、リディヤ、テトの恩師。飄々とした態度で人を煙に巻く。使い魔は黒猫姿のアンコさん。

『アレン商会番頭』

フェリシア・フォス

商会で辣腕を振るう。アレンの意向を受け、ゾルンホーヘェン辺境伯と王都で接触した。

【双天】

リナリア・エーテルハート

約五百年前の大戦乱時代に生きた大英雄にして魔女の末裔。アレンへ、アトラを託す。

CHARACTER
登場人物紹介

王国四大公爵家（北方）ハワード家

『ハワード公爵』
『軍神』

ワルター・ハワード

今は亡き妻と娘達を心から愛している偉丈夫。ロストレイの地で帝国軍を一蹴した。

『ハワード家長女』
『王立学校生徒会長』

ステラ・ハワード

ティナの姉で、次期ハワード公爵。真面目な頑張り屋だが、アレンには甘えたがり。

『ハワード家次女』
『小氷姫』

ティナ・ハワード

『忌み子』と呼ばれ魔法が使えなかった少女。アレンの指導により王立学校首席入学を果たす。

『ティナの専属メイド』
『小風姫』

エリー・ウォーカー

ハワードに仕えるウォーカー家の孫娘。喧嘩しがちなティナ、リィネの仲裁役。

王国四大公爵家（南方）リンスター家

『リンスター公爵夫人』
『血塗れ姫』

リサ・リンスター

リディヤ、リィネの母親。娘達に深い愛情を注いでいる。王国最強の一角。

『リンスター家長女』
『剣姫』

リディヤ・リンスター

アレンの相方。奔放な性格で、剣技も魔法も超一流だが、彼がいないと脆い一面も。

『リンスター家次女』
『小炎姫』

リィネ・リンスター

リディヤの妹。王立学校次席でティナとはライバル。動乱を経て、更なる成長を期す。

『リンスター公爵家
メイド隊第三席』

リリー・リンスター

はいからメイドさん。リンスター副公爵家の御嬢様で、アレンとは相性が良い。

CHARACTER
登場人物紹介

アンナ ……………………………… リンスター公爵家メイド長。魔王戦争従軍者。

教授 ………………………………… 王国最凶魔法士。アレン、リディヤの恩師。

フィアーヌ・リンスター ……… 『微笑み姫』。リンスター副公爵夫人。

アスター・エーテルフィールド 『賢者』。聖霊教使徒首座。

アリシア・コールフィールド … 『三日月』を自称する吸血姫。

ユーリー・ユースティン ……… 老皇帝。

モス・サックス ………………… 帝国の老大元帥。魔剣『陥城』を持つ。

シセ・グレンビシー …………… 『花天』。チセの妹にして、ローザ、イオの師。

ローザ・ハワード ……………… ステラ、ティナの母親。故人。多くの謎を持つ。

アーサー・ロートリンゲン …… 『天剣』。ララノアの英雄。

エルナー・ロートリンゲン …… 『天賢』。アーサーを喪い、病に臥す。

リル ………………………………… 西の魔王。

レナ ………………………………… 大星霊『氷鶴』。

プロローグ

「以上が、オーウェン団長と兄上――レナウン参謀からの戦況報告となります。また『近衛騎士団は各隊と一致協同。騒乱を引き起こした聖霊教の使徒達に対し、東方国境一帯の捜索を続行する！』とのことです」

やや古めかしいものの、壁に『光翼』の紋様細工が施された室内に、若き近衛騎士の真っすぐな声が響き渡った。僕の後方に立つ見事な髭を持つ壮年騎士と、小さな眼鏡をかけ、茶色がかった金髪が印象的な少年魔法士の眉がピクリと動く。

窓越しに、復興が進むララノア共和国首府、工房都市『タバサ』の光景を一瞥し、僕――ウェインライト王国近衛騎士団副長リチャード・リンスターは赤髪を掻き上げた。

「なるほどねぇ……わざわざ伝令を送って来たわけだ。御苦労様、ライアン」

「はっ！　有難うございます」

僕のねぎらいに対し、ライアン・ボルは凛々しく敬礼を返してきた。あんなに初々しかった伯爵家の次男坊が随分と立派に……経験は人を成長させる、か。

しみじみそう思い、僕は重厚な椅子に腰かけた。

共和国の統治者オズワルド・アディソン侯から提供された別邸だとしても、家具の一つ一つは上質だ。王国への配慮が滲み出ている。

きっと、これは例の某重大事件に関係して——屋敷全体が僅かに震えた。この件の判断は詳細を聞いてからだな。思考を戻し、机上の書類に素早く目を通す。

ララノア側からすると、オルグレンの動乱以降、拗れていた王国との正式講和にようやく漕ぎ着けられそうになっていた局面が、突如として工都を血で血を洗う内乱へ。

しかも、聖霊教と手を結び叛乱軍を率いたのは侯の義弟マイルズ・タリトー。

百年前、ユースティン帝国との独立戦争に用いられたとされる伝説の【氷龍】も聖霊教の使徒達の手により復活。一時は旧都への撤退すら余儀なくされた。

共和国の誇る二大英雄——『天剣』アーサー・ロートリンゲン、『天賢』エルナー・ロートリンゲン姫がいてもそうだったのだ。【氷龍】と【偽神】すら退けた奇跡的な勝利を齎したのは間違いなく、『彼』の功績が大だろう。顎に手をやり、独白する。

「**『共和国東端の廃堂で使徒同士が戦闘した可能性』**、か。アレンがいてくれたら、知恵を貸してもらえたんだけどねぇ。もしくは皇都へ僕もついて行けば、面倒事に巻き込まれなかったかも？」

――『剣姫の頭脳』のアレン。

僕の妹、王国南方を統べるリンスター公爵家長女にして、『剣姫』の称号を持つリディヤが誰よりも慕い、僕にとっても東都で共に戦った年下の親友だ。

彼は急遽、妹達とユースティンへ出立してしまった。

後方で控えていた壮年騎士が髭をしごき、僕を窘める。

「リチャードには果たすべき責務があるかと。アレン殿が『勇者』様の召喚を受け皇都へ赴かれる中、シェリル王女殿下も王命で工都に残っておられます。『剣聖』リドリー・リンスター公子殿下もです」

「……ベルトラン、正論はやめようよ？　ま、放浪していた従兄殿はともかく、港湾都市から母上達も前進して来られたし、ついて行くことなんてそもそも出来ないんだけどさ」

妹の数少ない友人であり、アレンを専属調査官に任命した王女殿下は、山のような不平不満を彼へ伝えながらも結局工都に残られた。真面目な御方なのだ。

一先ず、控えている青年騎士をねぎらう。

「ここ数ヶ月、王国を東奔西走させて悪かったね、ライアン。ゆっくり休んでほしい」

「有難うございます、リチャード」

数ヶ月前なら、すぐ前線に戻りたい、と言いだしたろうに……。

深い満足を覚え、脇に置いた騎士剣の鞘を叩く。

「期待しているよ。ああ、ケレリアンとの婚儀の日取りが決まったら、事前にこっそり伝えてほしい。ケイノス家はリンスターとも縁は深いからね」

「！　い、いえ……あの……ま、まだそういう話は………し、失礼しますっ‼」

同僚女騎士との関係を茶化すと、ライアンは首筋まで真っ赤にし、しどろもどろになりながら退室。扉を閉めるのを忘れている。前言撤回。まだまだ初々しいや。

「リチャード、からかわれ過ぎませんように」

ベルトランが苦笑して後に続き、扉を閉めた。屋敷の案内をしてくれるのだろう。

——さて、と。

アレンと似た魔法士のローブを身に纏った、少年魔法士へ声をかける。

「ユーリ君は廃堂の件、どう見た？　ああ、座っておくれ」

王国屈指の大魔法士たる教授、その研究室に所属する少年は目礼し、目の前の椅子に着席した。幼い外見に惑わされてはいけない。この子はアレンとリディヤの後輩なのだ。

ローブの皺を手で丁寧に直し、ユーリ君が僕と目を合わせる。

「様々な調査から——『聖女』を自称する少女に任命された聖霊教の使徒は全員で七人。

他にも恐るべき剣士や吸血姫がいます。その内、工都で姿を確認されたのは『刀』という東方の珍しい武器を操る聖女付従者と、第三席から第六席までの計五人です」

メモ紙にペンを走らせる。

・聖女付従者ヴィオラ・ココノエ。異国の長剣を操る謎多き黒髪少女。
・第三席レヴィ・アトラス。姓からして、侯国連合のアトラス侯国に列(つら)なる者か？
・第四席ゼルベルト・レニエ。アレンの元親友であり、一度は死んだ筈(はず)の半吸血鬼。
・第五席イブシヌルこと、レーモン・ディスペンサー元王国伯爵。
・第六席イフルこと、侯国連合のホッシ・ホロント元侯爵。

ヴィオラと第四席までの上位使徒達は全員が化け物。数で押し切れる相手じゃない。下位使徒であっても、大魔法『光盾(こうじゅん)』『蘇生(そせい)』の残滓(ざんし)を埋め込まれ、二百年前の魔王戦争ですら人族・魔族間で禁止された戦術禁忌魔法を行使してくる難敵だ。

少年魔法士が眼鏡を外した。

「廃堂に残されていた遺体は使徒第六席のイフル。現場で検分したスセによると、八割方灰化し、ズタズタに切り裂かれていたそうです。……吸血鬼特有の血刃によって。あの子は交戦経験があるので」

人族にとって災厄ともいえる吸血鬼と交戦し生存する大学校生……魔法を操らせれば、大陸屈指だとされる半妖精族でも無茶苦茶だ。教授の研究生達は尋常じゃない。

「また、ヴァルとヴィルの魔力残滓感知から、廃堂を崩壊させた魔法の行使者は使徒第五席のイブシヌルだと判明しています。ユースティン帝国へ発たれる前、下位使徒の魔法式を解析されたものを、アレン先輩が教えて下さったそうなので確実です。つまり、廃堂で行われていたのは――」

横から口を挟みたくなるのをグッと堪える。下位使徒の魔法を解析？　しかも、それを美形のエルフ族らしき双子姉弟へ通信宝珠越しに伝達した??

はぁ……まったく、アレンは！

ユースティン帝国の老帝と似た名前を持つ少年魔法士は、眼鏡をかけ直した。

「『上位使徒による、下位使徒の粛清』だと推測されます」

部屋の中の空気が張り詰める。……聖霊教内部でゴタゴタ、か。

初めて正式に死亡確認された使徒が粛清によるものなんて、皮肉だな。

「ユーリ君。卒業したら近衛に来てくれないかい？　歓迎するよ」

「過分な評価を有難うございます、リチャード公子殿下」

「リチャードでいい。アレンもそう呼んでいるしね」

肩を大袈裟に竦める。『殿下』なんて柄じゃない。王族や伝説の八大大公家を除けば、王国四大公爵家だけに与えられた特別な敬称だとしても、過剰だ。

「魔法の玄人である君達が残ってくれて助かったよ。アレン達と一緒に帝国へ行ってしまう、と思っていたからさ。でも……残りの三人がよく言うことを聞いたね？」

使徒追撃には近衛騎士団の過半とハワード公爵家メイド隊の残留組。ララノア共和国軍の最精鋭。そして、教授の研究生三名が参加している。

少年魔法士が顔を伏せ、困り顔になった。

「アレン先輩に直接頼まれたので。『王都に残ってほしい』と。先輩は僕達にとって大恩ある御方です。……断れません」

「ああ、なるほどねぇ。けど、彼に『大恩』なんて話したら駄目だよ？」

「分かっています。でも、仕方ないんですよ、リチャード」

少年魔法士は眼鏡の奥の瞳に理解を示し、左手を胸へ押し付けた。

——僕はこの瞳を知っている。

リンスターのメイド達が持つ深すぎる恩義と同じだ。

「スセは王都下町で野垂れ死にしかかっていたところを。ヴァルとヴィルは、竜を信奉する裏組織の生贄になるところを。僕は魔獣『針海』によって殺されかけたところを——アレン先輩に救われました。スセとヴァル達は小さい頃は同じ施設にいたらしいです」

屋敷が先程よりも震動。微かに感じるこの魔力……リドリーか？

少年魔法士は気にせず、窓の外へゆっくりと目を向けた。

「孤児院の小さな子達を地下倉庫へ押し込んだ刹那、降り注ぐ無数の針を見た時は『僕は死ぬんだ』と本気で思いました。……残念ながら死の淵に立たされてもなお、両親の顔も、生まれた場所も思い出せませんでしたけど」

後半部分の自嘲に感情はない。南都近郊の孤児院出身者が王都大学校へ入学し、剰え最難関とされる教授の研究室へ。当時は王都でも噂になったものだけれど……。

瞑目し、少年が信仰を告白する。

「でも——僕はこうして生きています。生かして、いただいたんです。リディヤ先輩が来るまでの永劫とも思えた短い時間、山の如き魔獣相手に一歩も退かず、見ず知らずの僕なんかを守って下さったアレン先輩の背中を……僕はたとえ死んでも忘れないでしょう」

アレンとリディヤが千年を生きた魔獣『針海』を討伐した陰でそんなことが。

──奇縁。いや、運命かな？　僕は本気で忠告する。

「彼に借りを返すのは大変だよ？」

「はい。研究室に入った後、アレン先輩が僕の孤児院も含め、各地に莫大な寄付をされているのはギル先輩達から教えていただきました。僕が大学校進学に使った奨学金も……。けど、望外の幸運だとも思っています。新しい時代の『流星』に付き従えるんですから」

ふわっと、ユーリ君は心底嬉しそうに破顔した。

英雄に救われ、英雄に憧れ、英雄へ恩を返さんとする健気な少年少女達。

うちのメイドには文章が得手の子もいたし、今度話を──机の通信宝珠が明滅した。

騎士剣を手に立ち上がる。

「ごめんよ、怖い怖い人の呼び出しだ。もう少ししたら、うちのヴァレリー・ロックハートが資料を持ってくるから、受け取っておいてくれるかい？　ああ、内容は──」

「『フィールド』と『ハート』の家について、ですね」

「御明察だよ、ユーリ君。気になったことは何でも質問してもらって構わない。『アレンが知りたがっている』と伝えれば、協力的だと思う」

「分かりました、リチャード」

僕は少年魔法士の華奢な肩を叩き、部屋を出た。

さて、怖い怖い人——僕の実の母、リサ・リンスター公爵夫人はオズワルド・アディソン候から、どんな『危機』を伝えられたのだろう？

＊

かつては訓練場として使われていたらしい、別邸の広い庭は斬撃と炎が飛び交う戦場になっていた。周囲では、リンスター公爵家メイド隊の席次持ちが軍用戦略結界を張り巡らせている。道理で魔力や音が伝わらないわけだ。

「くっ！」

全力で振り下ろした炎剣『従桜』の一撃を、細剣で防がれた赤髪の従兄——『剣聖』リドリー・リンスターは苦々しそうに後退した。剣士服の袖や裾が穴だらけにされている。

「あらあら～？　放浪の成果はこんなものなのかしらぁ？」

対して、小柄で耳が隠れる程度の紅髪美女——『微笑み姫』フィアーヌ・リンスター副公爵夫人は異名通りに微笑み、手に持つ細剣の刃を煌めかせた。

ただし、その恰好は滅多にお召しにならない紅の軍帽軍服姿で、周囲の空間には無数の炎細剣が浮遊。瞳の奥も笑っていない。うわぁ、叔母上本気だよ。

僕が身体を震わせる中、リドリーは必死に訴えかける。

「母上っ！　私はアーサーを救いに行きたいだけなのですっ‼　そこをどうか――」

「どかないわぁ。家出息子にはお仕置きが必要だものぉ～★」

空中の炎細剣が従兄へと一斉に襲い掛かった。炎と砂塵で視界が喪われていく。

……リドリー、強く生きろよ。期待薄だろうけど。

僕は内庭の端へ歩を進め、大きな日傘下の椅子に座る待ち人へ頭を下げる。

「母上、参りました」

手に持っていた報告書を丸テーブルへ放り出され、長い紅髪で叔母上とお揃いの軍装を身に纏った美女――前『剣姫』リサ・リンスターが悠然と僕を詰ってきた。

「久しぶりね、リチャード。二人で話すのは、オルグレンの動乱以来かしら？」

「……そ、そうでしょうか？」

目を泳がせたまま、対面の椅子へと腰かける。この話題は不利だ。

母上がティーポットを手にされ、カップへと紅茶を注がれる。

「近衛に入って以降、家に寄り付かなくなって。アンナも寂しがっているのよ？」

「も、申し訳ありません」

リンスター公爵家メイド長の名前を耳にした途端、背筋が自然と伸びる。幼い頃、世話になった身なので未だに頭が上がらない。ララノアには来ていないようだけど……。

紅茶を優雅に飲まれながら、母上が目を細められた。

「昨晩、オズワルド・アディソンに会ってきたわ。……『天剣』失踪の件は聞いた？」

「はい。ただ仔細は何も」

ララノアを支えてきた英雄の失踪は共和国にとって国防の最重要問題だ。何しろ、西部国境には百年間争ってきた旧宗主国ユースティンの大軍がいる。

突如、結界が軋んで悲鳴を上げた。

僕達の目の前に見慣れぬ片刃の短剣が突き刺さり、使い手の無念を示すかのように炎を揺らめかせ消える。大きく後退したリドリーが愕然。

最後まで言葉を発することは許されず。

「ば、馬鹿なっ。老吸血鬼にも通用した我が秘技を初見で見切るなぞ……ぐっ！」

炎細剣が嵐となって襲い掛かり、必死に逃げ回る従兄を追い詰めていく。

「戦場でお喋りは禁物よぉ～？　そ・れ・と」

内庭中央から一切動かれていない『微笑み姫』の美しき双眸に怜悧さが宿った。

「甘さは死を招く、とも教えたわ」

一瞬で間合いを殺し、息子の首筋に細剣を突き出した。無数の炎花が舞う。

「〜〜っ！」

リドリーは辛うじて炎剣で受けるも、結界内が炎上し始める。

とんでもない戦いに僕が頬を引き攣らせていると、母上は淡々と話を戻された。

「かなり悪いわ。首府そのものを戦場とする騒乱の結果、ララノアは大きく傷ついた。対聖霊教同盟に加わっても多くのことは望めない。対ユースティンに当たっていた共和国の最精鋭は健在でも、指揮官が不在なら猶更ね」

「つまり……『天剣』だけでなく、『天賢』も病に臥したという噂は真実と？」

寒々としたものを覚え、紅茶を一口飲む。

幾ら軍主力が健在であっても、全軍を鼓舞する英雄と指揮官が不在。これでは。

「！　しまっ‼」「はい、おしま〜い」

叔母上が放たれた神速の突きを凌ぎきれず、リドリーの手から炎剣『従桜』が天高く弾き飛ばされ、宙を舞い地面に突き刺さった。

優雅な動作で細剣を鞘へ納められた叔母上が映像宝珠を取り出される。

「さ――約束通り、この子達が貴方のお嫁さん候補よぉ〜♪　今すぐ選んで？」

「は、母上。た、確かに約束はしましたが、わ、私はまだ結婚する気はないのです。わ、私には菓子の路を極める、という果たすべき――」

「だーめ★　みんなも囲んでねぇ～」

『はい、フィアーヌ様！』

あっという間に、リドリーがうちのメイド達に包囲されていく。

怖い。『微笑み姫』、怖い。

でも、リドリーはこの数年好き勝手してきたし、自業自得なのかも？

従兄の悲痛な懇願が耳朶を打つ。

「ロ、ロミー！　ニコとジーンまで⁉　た、頼むっ。そこをどいてくれっ!!!」

「リドリー坊ちゃま」「逃走は不可能です」「諦めも肝心だぜ～？」

……うん、無理そうだな。生きろよ、リドリー。

憐れな従兄の運命に僕が想いを馳せていると、母上はテーブルを指で叩かれた。

「ララノアの英雄、『天剣』アーサー・ロートリンゲンは工都の聖霊教教会で謎の失踪を遂げたわ。実質的な軍の総指揮官だった『天賢』エルナー・ロートリンゲンも、全魔力を振り絞った探知魔法の連続行使と心労の余り、病床に臥している。シェリルがいなかったら危なかったわね。教会に痕跡はほぼ皆無だったけれど……唯一、王国でも共和国でもない微かな魔法式の残滓が観測された」

冷たい風が吹き荒れ、肌を粟立たせる。

出発前のアレンから、アーサー殿とエルナー殿の技量は聞いた。

『控え目に見ても、それぞれが単独で大陸西方で五指に入ります』

激賞と言っていい。妹達が聞いたら拗ねそうだ。

そんな英雄達が一人は失踪し、一人は重病？　アレン達が出発した後に？？

しかも残された、王国のものでも、共和国のものでもない魔法式の残滓。

状況を鑑みれば失踪に関与したのは聖霊教の上位使徒……いやそれ以上の存在であることは明らかだ。母上が紅髪を手で押さえられ、険しい顔になられた。

「『天剣』と『天賢』の件は緘口令が敷かれているけれど、その不在は何れ各国に広まる。オズワルド殿に王国軍の工都駐留を懇願されたわ。ユースティンと聖霊教を信奉する東方諸国家への抑止としてね。王国東部国境にも聖霊騎士団が集結しつつある中、私達は連戦と戦力分散を余儀なくされている。またしても後手後手ね。……これではまるで」

「魔王戦争開戦前夜の状況に酷似を」

二百年前も王国は各国で起こった紛争に対処し、戦力を分散させていた。

不吉だ。けど、それが何を意味するのかは……。

「また、アレンちゃんに動いてもらうしかないわねぇ。みんな、手一杯だからぁ」

リドリーをメイド達に託し、叔母上が此方へ戻って来られた。慣れた手つきで紅茶をカップへ注がれる。

母上も同じ想いだったようで、珍しく弱音を漏らされた。

「……はぁ。情けないわね、私達は。あの子に苦労をかけてばかり。王都へ戻る前に東都へ立ち寄って、エリンに謝らないと」

狼族の一母親と大陸西方で知らぬ者がいない公爵夫人。

そんな二人がここ数年ずっと文通を続け、友情を深めている――近しい人しか知らない秘密だ。実の親ながら不器用だな、と思う。

すると、紅茶を飲まれていた叔母上がとんでもない提案を投じられた。

「あ、リサちゃん、リサちゃん～。エリンさんに私を紹介してほしいんだけどぉ。ほらぁ？　近々親族になるかもしれないしぃ？」

比喩表現抜きに、大気が母上の膨大な魔力に苦鳴をあげた。

メイド達は一斉に距離を取り、耐炎結界を十重二十重に張り巡らせていく。リドリーを確保したままなのは見事の一言だ。まぁ、僕は逃げ遅れたんだけど、さ……。

髪から手を外され、母上が静かに問われた。

「――……フィア？　今のはどういう意味かしら？？」

「え～？　今回、ララノアへの正式使者となったうちのリリーと、使者付きとなったアレンちゃんは縁もあるし？　このままなし崩しに婚約とか――」

日傘の周囲で炎がぶつかり、互いを相殺し合う。……滅茶苦茶怖い。

石の如く硬直する僕を気にせず、母上が軍帽の位置を直された。

「……駄目よ。アレンはうちの子になるの」

「え～でも、リディヤちゃん奥手だしぃ？」

「リリーだって似たようなものでしょう？」

「そんなことないもんっ」「いいえ、あるわ」

「「――……フフ♪」」

笑い合い、同時に席を立たれた『血塗れ姫』と『微笑み姫』が内庭へと歩を進められていく。早くも地面は炎に包まれ、燎原と化しつつある。

最終的にこの二人を止めるのは、消去法で僕とリドリーしかいなそうだ。

「はぁ……」

アレン、お互い苦労が絶えないね。

母上と叔母上が楽しそうに剣を抜かれ、魔法を紡がれていくのを見やりながら、僕は鳥形に象られたリドリー手製の焼き菓子を口に放り込んだ。

第1章

「先生、見えてきました！　ユースティン帝国の皇都『ジャルダン』です‼」

左隣を飛ぶ黒グリフォン上で立ち上がり、長杖(ちょうじょう)を背負った薄蒼(あお)の白金髪の少女――ウェインライト王国四大公爵家の一角ハワード家次女で、僕の教え子でもあるティナが眼前を指さした。風魔法で緩和されているとはいえ、髪と白い外套(がいとう)が突風で靡(なび)く。

雲の切れ間から注ぐ陽光に照らされる、美しき円形の古都。

中央に聳(そび)え立(た)つまるで教会のような建造物が、建国以来幾度もの内乱を乗り越えてきたと伝え聞く皇宮だろう。僕は純白の蒼翠(そうすい)グリフォン、かつて狼族の大英雄『流星』が駆ったルーチェの首を撫(な)で「もう少しだから、頼むね」とお願いした。

それにしても……

『アレン、話がある。皇都へ来て』

あの勇者様はどうして、僕を呼んだのだろう？　まぁ、捕えたという聖霊教使徒次席

『黒花』イオ・ロックフィールドの件だろうけど。

鞍に括り付けてある、ティナの遠い遠い御先祖様から押し付けられた、光龍の剣が入った布袋へ目を落とす。

これも『アルヴァーン』の物らしいし、返さないと。

「ティナ、グリフォンの上ではしゃがないで。幾ら『天鷹商会』の子で、よく訓練されていても危ないでしょう？　ほら、座って」

僕が考えていると、皇都を眺める妹を、長い薄蒼髪でお揃いの外套を羽織った少女——ハワード公爵家長女ステラが黒グリフォンの手綱を操りながら、肩越しに窘めた。

「は～い。ごめんなさい、御姉様」

ティナは僕に向け小さな舌を出し、姉の背中に抱き着いた。二人を同じグリフォンにして正解だったな。

後ろに座る、花付軍帽を被り、濃い紫と淡い紫の紋様が重なる異国装束を着た狼族の少女——妹のカレンが獣耳を動かし、話しかけてきた。

「兄さん、綺麗な都市ですね」

「そうだね。実は一度訪ねてみたいと思っていたんだ」

「私も兄さんと一緒に来られて嬉しいです。……アトラにも見せたかったんですが」

そう言うとカレンは少し寂しそうに自分の右手へ目を落とした。紋章は輝かない。

ララノア共和国の首府を出発する直前、三柱の大精霊達――『雷狐』のアトラ、『炎麟』のリア、そして『氷鶴』のレナは眠りについてしまった。激戦に次ぐ激戦の中、僕達を助けてくれた反動だろう。

確かに残念だけど……妹の頭をぽん。

「起きたら見せてあげよう」

「はい、兄さん」

カレンは嬉しそうに、僕の背中へ頭を押し付けた。

瞬間――突風と共に、上空から黒グリフォンが機敏な動きで舞い降りてきた。とんでもない騎乗技術だ。

「…………」

長い紅髪を黒のリボンで結った、カレンと色違いの装束で革ブーツの美少女――リンスター公爵家メイド隊第三席のリリーさんは頬を大きく膨らませ、ジト目。

前髪の花飾りと左腕の腕輪もどす黒い瘴気を放っているような……。

「アレンさん、やっぱり、ルーチェさんに乗るのは交代制にした方が良いと思います」

気圧される僕に対し、リリーさんはギリギリまで黒グリフォンを寄せ、提案してきた。

どうしよう、目が……目が本気だ。口調も何時もと違って真面目だし。

「先生、私も交代制に大賛成ですっ！　今からでも遅くありません」

「アレン様、私も……あの…………い、一緒のグリフォンに…………あぅ」

返答する前にハワード姉妹も参戦してきた。ティナはともかく、ステラもか。

……う～ん、どう答えたものか。

僕とカレンがルーチェに乗っている理由は、この子達も知っている筈なんだけど。

「！　おっと」『！』

返答する前に、再度の突風が吹き荒れた。妹が更に強く僕へ抱き着く。

右側へ視線をやると、もう一頭の黒グリフォンが高空から帰還。

そして、長い紅髪の美少女――王立学校以来、僕の相方であり、『剣姫』の称号を持つリンスター公爵家長女リディヤがお澄まし顔で振り返った。外套と、腰に提げた魔剣『篝狐』が少しだけ動く。

「いい加減にしなさい。リリー、ステラ。それと――小っちゃいの。ルーチェがアレンとカレンしか乗せたがらないんだし、どうしようもないでしょう？」

「リディヤ御嬢様……？」「リディヤさん……？」

「なっ⁉　ど、どうして私だけ、名前じゃないんですかっ！　抗議しますっ‼　断固として、抗議しますっ!!!」

リリーさん達はリディヤのらしからぬ正論を前に困惑し、ティナだけはいきり立つ。

そんな『氷鶴』をその身に宿す公女殿下をリディヤは鼻で嗤い、勝利を確信した悪戯っ子のように顔を綻ばせた。一瞬だけ僕を見る。

――……嫌な予感。

長く美しい紅髪を手で払い、リディヤが淡々と言葉を重ねる。

「あと――一度はユースティンの老帝へ挨拶しないといけないわ。最低限の儀礼としてね。リリー、ステラ、小っちゃいのはそのつもりでいなさい。カレンも皇宮外で待機よ」

「「なっ⁉」」「「…………っ⁉」」

ティナとカレンが驚きの声をあげ、リリーさんとステラも目を丸くした。

基本的に、リディヤは僕と離れて行動するのを好まない。

王立学校の入学試験で出会って以来――数ヶ月単位で離れて行動したのは、それこそティナや、今は王都で封印書庫の解呪に挑んでくれているエリー・ウォーカーの家庭教師として僕が北都へ赴いた時位しかなかった。

今は右手薬指に結んだ『誓約』の魔法で、都市内だったらお互いの位置を把握出来るし、多少緩和されたけれど……意外だ。

黒グリフォン上のティナが頭を抱えて怯え、カレンも強い警戒を露わにする。

「……変……変です。絶対に変です。先生独占教を固く信奉されているリディヤさんが、短時間とはいえ、ついこの間までの敵国中枢で、先生と離れることをこんなにあっさり認めるなんて……あ、あり得ませんっ。明日はきっと雷鳴轟く猛吹雪です！」

「大方、兄さんにこっそりおねだりして、工都へ行く前に何かをしてもらったんでしょう。……浅ましいっ。でも、無駄です！　アリスさんへの挨拶以外、王都へ帰るまで兄さんと、ず〜っと！　行動を共にするのは私ですから」

飛び交い始めた無数の雪華と雷を手を振って消しつつ、雷属性中級魔法『雷神探波』を静謐発動。伝言だと、迎えが来ている筈なんだけどな。

剣呑な空気が流れる中、真面目なステラが妹と親友を窘めにかかる。

「ティナ、カレン……その、ちょっと言い過ぎじゃないかしら？」

「御姉様、素直になるべきですっ！」

「ステラ、女の子には戦わないといけない時があるのよ？　さ、本音は？」

「え？　そ、それは……わ、私も、少し変だな、とは思うけど………」

余裕綽綽なリディヤを見やり、最近は『聖女』と呼ばれることも多い少女も同調した。

すると、紅髪の公女殿下は右手薬指へ自然に口づけし、嘆息した。

「はぁ、嘆かわしいわね。ほら――出迎えよ」

　僕も含め、みんなが一斉に眼下へ目を凝らす。

　皇都外れにある人気がなく、寂れた大広場。

　その中央で手を振る眼鏡をかけた壮年男性――僕やリディヤが大学校入学以来、お世話になっている教授だ。

　僕の魔法を受けて、認識阻害やその他諸々を解除してくれたのだろう。ああ見えて、教授は王国屈指の大魔法士様なのだ。

　王国と帝国との間に対聖霊教同盟を結ぶ為、皇都へ来ているとのことだったけれど……怠け者なあの人が最近は働いているなぁ。アンコさんもいないようだし。

　僕は軽く右手を上げ、みんなに指示。指輪と腕輪が陽光を反射させ、輝いた。

「各自ゆっくりと慌てずに降下を。リディヤ、よく教授に気が付いたね」

「当然よ。そもそも、あんたがさっき魔法で合図を送ってたじゃない？」

「あれ？　バレてた？？　結構本気で静謐発動したんだけど」

「御主人様に隠し事は禁止よ、き・ん・し。――フフフ～♪」

　鼻歌を唄いながら、紅髪のお姫様は黒グリフォンを見事に駆り、真っ先に広場へと降りて行く。……どうして、あんなに上機嫌なんだか。

片や、空中に残った少女達はというと――。

「まったくもうっ！　もうったらもうっ‼　先生はリディヤさんに甘過ぎです。シェリルさんも『王立学校から甘々だったわ』と愚痴を零されていましたっ‼」

「ティナの意見に全面同意を。兄さんは私とずっと文通をしていたので、手紙という物的証拠もあります」

「これは今晩、裁判ですね～」

言いたい放題だ。そ、そんなに甘かったかな……？

ただ一人、参加しなかったステラは袖で口元を押さえ、頬を薄らと染めポツリ。

「……アレン様と文通、いいな……」

羽ばたきと風の音で何を言ったのかは聞こえなかったけれど、キラキラと白蒼の氷華が舞い、広場へと降り注ぐ。

そんな幻想的な光景の中、僕達もグリフォンを広場へと着地させた。

周囲では、ララノア共和国から護衛を務めてくれていたハワード公爵家のメイドさん達が警戒線を敷いてくれている。指揮官は、淡い黒髪の三つ編みと無表情が印象的な第五席のチトセさんだ。後で御礼を言わないと。

カレンの手を引いて地面へ降ろし、鞍から布袋を取る。

伏せてくれたルーチェを僕とカレンで労(いた)わっていると、教授が帽子を手に普段通り、飄々(ひょうひょう)とした様子でやって来た。

「お疲れ様、アレン。随分と大所帯で来たねぇ」

「お疲れ様です。当初は僕とルーチェで行くと提案したんですが……」

頬を掻(か)き、近くの三人をちらり。

「行かせるわけがないでしょう？」「リディヤさんに同意します」

「アレンさん、シェリルさんに密告しますよぉ★？」

「アハ、アハハ……」

腕を組んだリディヤとカレン、両手を合わせたリリーさんの圧に屈する。

――……僕は、僕は無力だ。

項垂(うなだ)れていると、少し離れた場所に黒グリフォンを着陸させたステラとティナへ、外跳ねの亜麻色髪でメイド服を着た女性が近づき、抱き着いた。

「ステラ御嬢様、ティナ御嬢様もよくぞ御無事で！」

「え？　ミナ？」「貴女(あなた)も皇都に？」

姉妹が目を丸くし驚く。どうやら、ハワード公爵家はララノアだけでなく、ユースティンにも人員を送り込んでいたようだ。

――ならきっと。

「リディヤお嬢様、リリー御嬢様、お待ちしておりました。着替えのドレス、御用意してございます☆」

予想通り、すっかり聞きなれた女性の声が耳朶を打った。

振り返ると、そこにいたのは栗色髪で細身な女性――リンスター公爵家メイド長のアンナさんだった。皇都を強襲したのは三頭の骨竜、と教授の書簡には書かれていたけれど、道理で無事なわけだ。

「わ、私は、お、御嬢様じゃないですぅ～！　ララノア共和国への使者役はもうお仕舞で、皇宮へ行くのはあくまでも、御嬢様方の護衛として――ふぇ？」

両手をぶんぶんさせ、アンナさんへ猛然と抗議しようとしていたリリーさんが、リディヤに肩を叩かれ、大きな瞳をキョトン。

「諦めなさい、使者のリリー御嬢様？　貴女が皇帝と話すのが筋かもしれないわね」

「なぁっ⁉　……ア、アレンさぁん」

珍しくリリーさんが情けない声を出し、僕へ助けを求めてきた。

こういう時、返す言葉は決まっている。満面の笑みで恭しく会釈。

「頑張ってください、リリー・リンスター公女殿下」

「う～！　アレンさんの意地悪ぅぅ～‼」

年上メイドさんが子供のように頰を膨らませると、前髪の花飾りが輝いた。

何だかんだ、この人との付き合いも長い。

王立学校初めての夏季休暇。南都の駅。……懐かしいや。

愉快そうに見物していた教授が片目を瞑る。

「実はグラハムも来ていたんだ。けど、入れ違いでララノアへ発ってね。君に、くれぐれもよろしく、と言っていたよ」

「ララノアへ？　それはまた……」

ハワード公爵家執事長『深淵』グラハム・ウォーカー。

僕の教え子であるエリーの御祖父さんであり、ハワード家への精忠無比な御人がティナ達の到着を待たない、か。剣呑だな。

「スセ達も工都です。王都に帰ったら褒めてあげてください。あとこれを」

「ん、何だい？」

旅の途中、みんなが寝静まった深夜に書いておいた紙束を懐から取り出し、手渡す。

「ララノア共和国で起こった事件の報告書です。多分に推測も交じっていますし、御相談したいことも——え、えーっと？　み、みんな？？」

「「「…………はぁ」」」

三人の少女はほぼ同時に額へ手を当て「……カレン、止めなさいよ」「……リディヤさんこそ、止めてください」「アレンさんは働かないと死んじゃう病気なんじゃ～？」と口々に深い溜め息を吐き、僕の頰を指で突いてきた。

依然としてミナさんに拘束中のハワード姉妹は気付いていないものの……アンナさんが、手帳を取り出しペンを走らせている。

も、もしや……リサさんに伝える気なんじゃ⁉　ま、まずいっ。

あたふたする僕に対し、教授は帽子を被り直した。

「くっくっくっ……到着早々和ませてくれるねぇ、アレン。それでこそ、だよ」

「……教授、からかわないでください。教え子の命がかかっているんですよ？」

「大丈夫さ。知らない異国へ攫われる可能性は否定出来ないけどね」

心底楽しそうな恩師は両手を広げ、リディヤをちらり。

水都へ亡命する云々も、ずっと言われ続けてきたんだよなぁ。

「……既に一度、攫われたんですが？」

「あの時は知っている国だったろう？」

ああ言えばこう言う。これだから、この人は！

リディヤが僕と視線を合わせ、楽しそうに口を動かした。

『次は南方島嶼諸国、連邦や十三自由都市が候補ね♪』

二度目は出来れば避けたいなぁ。

すっ、と教授が一歩だけ距離を詰めてきた。

「……君達の出発後、工都が奇妙に沈黙している」

「沈黙？」

先日の戦いで、ララノア共和国の首府は大きな打撃を被った。

その混乱故、と考えるのが自然なのだろうけど……。教授が頭を横に振る。

「詳細は不明だ。港湾都市スグリからリサやフィアーヌ達も前進したし、グラハムも工都に到着すれば追々情報も届くだろう。心に留めておいてくれ」

「了解です」

気になるけれど……今の工都には『光姫』シェリル・ウェインライト、『血塗れ姫』リサ・リンスター公爵夫人、『微笑み姫』フィアーヌ・リンスター副公爵夫人。

『剣聖』リドリー・リンスター公子殿下に、近衛騎士団の精鋭と後輩達。

リンスター、ハワード両公爵家のメイド隊。

『天剣』アーサー・ロートリンゲンと『天賢』エルナー・ロートリンゲン姫もいる。

聖霊教の偽聖女や使徒達も手を出すことは出来ない筈だ。続報を待とう。

「さ、そろそろ移動しようか」

話を終えた教授が広場の中央へ歩を進めた。黒グリフォン達をメイドさん達へ託し、ハワード姉妹も駆け寄って来る。

左手を挙げ、恩師が指示を出す。

「リディヤ、リリー嬢、ステラ嬢は、僕と一緒に皇宮で老帝陛下へ挨拶だ。ティナ嬢とカレン嬢はアレンと一緒にアリス殿の——」

「待ちなさい」「待ってくださいぃ～」

「妹は私達と一緒じゃないんですか？　カレンも皇宮外で待機と聞いたのですが……」

名前を出された少女達が口を挟み、ステラもおずおずと質問。

教授は外套の埃を手で払い、ニヤリ。

「おやぁ？　伝達違いかな？　でも、これは『勇者』アリス・アルヴァーン大公殿下の正式要請なんだ。断れる者は魔王を除けば大陸西方にはいないよ。諦めてほしい」

「「「………」」」

三人の公女殿下は黙り込み、不満を露わにした。

——『勇者』の公的地位は時に皇帝や王より上になるのだ。

「ふっふ～ん♪　流石は同志です！　先生、任せてください。私がお守りします☆」

「アリスさんがそう言われているのなら、是非もありませんね」

前髪を上機嫌に揺らすティナと、獣耳と尻尾を動かすカレンが胸を張る。

「「「…………………」」」

皇宮組の少女達が膨大な魔力を放出。

炎羽、炎花、氷華が広場に荒れ狂い、渦を巻く。

すぐさま、アンナさんに『止めてください♪』と雰囲気でお願いされたので左手を握りしめ、魔力を消失させる。魔法介入の技量だけは上がっていくなぁ。

「「「………………」」」

「い、痛いよ？」

三人の公女殿下は無言で一斉に僕の腕を突いてきた。

このままだと埒が明かないので、僕は二歩下がって少女達を恭しく促す。

「お姫様方――まずはお着替えを。アンナさん、お願いします。ティナ、カレンも手伝いをお願い出来るかな？」

「お任せください♪　ささ、此方へ～☆」「はいっ！」「了解です」

「「「……う～」」」

リディヤ達は不満を零しながらも、アンナさんとティナ、カレンに背中を押され、近くの天幕へ歩き始めた。残された僕は笑顔の恩師を詰問。

「……教授、嵌めましたね？」

「まさかまさか。ああ、君達の案内は」

蒼の氷蝶が旋回しながら、僕の肩に降り立った。

半妖精族の魔法式だ。

「その子がしてくれる。東部諸都市はともかく、皇都上空の飛行許可は下りなかったんだよ。……気をつけたまえ。『勇者』が他者を本拠地たる古教会へ召喚するなぞ、二百年前の魔王戦争ですらなかった。アリス殿と先代『勇者』オーレリア殿は信頼出来ても、アルヴァーン大公家も内部は他家とそこまで変わらない」

アリスが王都の空色屋根のカフェで零していた、次期『勇者』を巡る暗闘か。

弾む足取りで、リディヤ達の下へ向かう教え子と妹の背を見つめ、氷蝶に触れる。

「大丈夫ですよ。いざとなったらティナとカレンもいますし」

「――……そうか、分かったよ」

休んでいたルーチェが翼を広げ『先へ行く』と一鳴きし飛び上がった。

近くの瓦礫に腰かけた僕へ背を向け、恩師も左手を掲げる。

「それじゃ、アレン。後で僕も古教会へ行くからね」

「はい、教授。リディヤ達をよろしくお願いします」

＊

「わぁぁ……この霧、凄いなぁ。どういう仕組みで恒常発動させているんだろう？　魔法式も相当古いし、工都で使った『花天迷霧』に似ているような？」

氷蝶に先導され、古い森の小路を歩きながら僕は思索を巡らせた。

周囲を覆う白い霧は濃く、深い。浮遊させている魔力灯の光が心細く思える。

古い絵本に載っていた『白霧の旧西都』みたいだ。

皇都の北外れに、こんな場所があるなんて……。

『むふん。アレンはもっと私を褒めるべき』

脳裏で小さな勇者様が胸を張った。うん、確かにそうかもしれないね。

布袋に入れた剣を担ぎ直して、僕は近くの植物へ手を――

「先生」「兄さん」

「うろちょろしない‼」

「……ご、ごめん」

前方を進むティナとカレンがほぼ同時に振り返り、人差し指を突き付けてきた。

後ずさりし謝ると、腕を組んだ公女殿下と妹が唇を尖らせる。

「まったくもう！　珍しい物や魔法を見つけると、すーぐにこうです‼」

「兄さんは小さい頃からそうでした。今は妹との逢瀬を楽しむべきです」

瞬間、白霧が音を立てて凍結し、氷華へと変化し始めた。

背中の長杖を手にし、ティナが確認する。

「……カレンさん、今何と？」

「世界で唯一の妹として、当然の権利を主張しただけです」

妹は極々自然な動作で僕の左腕を取り、肩をくっつけてきた。リディヤ達がいないせいか、何時にも増して甘えただ。

「そ、それは一般的な妹の権利じゃありませんっ！　あ、あと——ズルいですっ‼　は、離れてくださいっ‼」

叫ぶと同時に雪風が森林を駆け抜け、枝葉を激しく揺らした。

右手の甲に『氷鶴』の紋章も浮かび上がる。

しかし、カレンは可愛らしく小首を傾げ逆に質問。

「おや？　一人だと、ティナは兄さんを守る自信がないと？？　今の貴女なら任せられる、と私は思っていたんですが……見込み違いだったようですね。ごめんなさい」

「なっ⁉　カ、カレンさん、そんなに私のことを……」

薄蒼髪の公女殿下が硬直し、次いで頰を紅潮させ前髪を左右に揺らした。

うん、この百面相を見ると落ち着くなぁ。

カレンも同じ気持ちだったようで、小さく舌を出すと僕から離れ、後輩少女の頭を軽くぽん、と叩いた。

「先を急ぎますよ、ティナ。何時までもこんな場所にいると、兄さんが面倒事を引き起こしかねません」

「——……はっ！　そ、そうでした。了解です、カレンさん」

「よろしいです」

意気込む後輩に妹は優しく頷き、小さな背中を叩いた。

おかしい。途中で梯子を外されたような。

「えーっと……そこまで、面倒事を起こしているわけじゃ」

「「起こしていますっ‼」」

「ぐぅ」

「ふふふ♪」」

情けない声を出した僕を、教え子と妹はクスクスと笑い、楽しそうに歩みを再開した。

……女の子には敵わないや。

僕は布袋を担ぎ直し、二人の後を追った。

どれ程、歩き続けただろう。

あれ程濃かった白霧が少しずつ晴れ始めた。

先導役の氷蝶も勢いよく天へ飛翔し消え、直後——一気に視界が開けた。

前を歩くティナとカレンが立ち止まり、目の前の光景に感嘆を漏らす。

「……綺麗……」「……凄い……」

そこにあったのは、季節を無視して咲き誇る広大な花畑だった。

水都の『神域』に……僕がリディヤへ贈った地にとてもよく似ている。

はしゃぐ二人を横目に、周囲を確認する。

太陽の位置からして、体感ほど歩いた訳ではないようだ。

石畳の路は花畑を縫うかのように、小高い丘に立つ建物へと向かっている。

教授の言っていたアルヴァーンの古教会か。

ルーチェの魔力も微かに感じ取れるし、アリスはきっとあの建物にいるのだろう。

僕が二人へ声をかけようとした——正にその時だった。

「「！」」

花吹雪が渦となって舞い上がり、

「……来たか……」


その中から長い黒茶髪で紫基調の剣士服を着た、美少年が現れた。

転移魔法——聖霊教の使徒達が多用する呪符の類だろう。ただし、魔法式の精緻さはこちらが上回っているようだ。腰には服と同じ紫の鞘に納まった剣を提げている。

年齢は僕やリディヤ、シェリルよりやや下に見えるものの……これ程の美貌。会ったことがあるのなら記憶に残る筈だ。

にも拘わらず、鋭い目の少年は僕への敵意を隠そうとしていない。

早くも臨戦態勢を取ったティナとカレンを手で制し、一先ず名乗る。

「こんにちは。僕の名前は」「……『アレン』」

謎の少年は憎らし気に吐き捨て、剣の柄へ手をかけた。

「神亡(な)き時代、自らの命を捨てて世界を救いし大英傑にして星継ぎし『勇者』の兄の名。果たして、お前程度がそれに値する者なのか――」

漆黒の双眸(そうぼう)を細め、足下の花々を踏(ふ)み躙(にじ)り。

「試させてもらうっ！」

剣を抜き放ち、僕目掛けて猛然と突進してきた。

一帯にバチバチと凄(すさ)まじい電光が走り、花弁が散る。

尋常ならざる雷属性への素養。

――もしかして、この少年は。

「先生！　下がってくださいっ‼」

咄嗟(とっさ)に杖を大きく振ったティナが氷属性上級魔法『閃迅氷槍(せんじんひょうそう)』を多重発動。

一切の容赦なく解き放つ。

「甘いっ！」

しかし、少年は雷を纏(まと)わせた剣で無数の氷槍を斬り捨て突撃してくる。

見事な剣技だが、僕が知るそれと比べれば明らかに拙い。……なるほど。

「兄さん、考え込まないでくださいっ！」

僕を叱責したカレンも雷を纏い『雷神化』。

無数の氷槍を剣と身体強化魔法のみで突破し、低い姿勢で僕へ向け容赦なく放たれた少年の斬撃を、引き抜いた雷龍の短剣で受け止め、

「このっ！」

花畑へ大きく弾き返した。

何の罪もない花が再度散る中、最大警戒のティナとカレンが少年へ怒気を叩きつける。

「貴方、いったい何者ですか？」

「今の斬撃、本気で兄さんを……。何処の誰だか知りませんが、敵と認定します」

無数の雪華と雷光が猛り、少年を包囲していく。

杖と顕現した十字雷槍の穂先には、早くも極致魔法が紡がれている。

教え子と妹の成長は嬉しい。とてもとても、とても嬉しい。

けれど……この血の気の多さ。

僕は何時育て方を間違えたんだろう？　リディヤやシェリルで学んだ筈だったのに。

複雑な気持ちになっていると、右手の腕輪と指輪が『自業自得‼』と言わんばかりに

瞬いた。魔女様と天使様は僕に大変厳しい。

無造作に剣を振るい、雪華と雷光を吹き飛ばした少年が舌打ちする。

「……ちっ！　年下の女共に守られるだけとはな。ただでさえ過大評価としか思えぬ『流星』の称号も泣いているぞ？」

「先生を侮辱してっ！」「……今すぐ消し炭にしてあげます」

「ティナ、カレン」

前へと踏み出そうとした二人を抑え、僕は少年と目を合わせた。

この地での交戦は本意じゃない。

「一つ確認しておきたいんですが、もしかして君はアリスの——」

「あの御方を呼び捨てにするなっ！」

凄まじいまでの激高。膨大な魔力を電光へと変え、身体に纏っていく。

カレンと同じ『雷神化』だ。

「先生っ！」「兄さん、魔杖を——」

二人の切迫した警告とほぼ同時に、少年は地面が陥没する程強く蹴った。

音を置き去りに閃光と化して僕へと迫り、

「イグナ」「！」

懐かしい少女の声に名を呼ばれ急停止。魔法もその全てが四散した。

僕は自然と表情を緩ませる。

石畳の路に立っていたのは――神話じみた美貌で華奢な肢体の少女。

長い白金髪に王都で僕が贈った金のリボンを結び、着ている服は汚れ無き純白。腰に提げている『雷龍』の牙で作られたらしい古き剣の鞘は漆黒だ。

僕は手の布袋を掲げ、合図した。

「ん」

少女――『勇者』アリス・アルヴァーンも頷き、石畳を軽やかに歩いて来る。

酷く慌てた様子で少年が剣を鞘へ納めた。

「ア、アリス様⁉　ど、どうして此処に……お休みになられていたのでは………」

「………」

しかし、勇者は何も答えず。

そのまま路を真っすぐ進み、少年を細い手で退かした。

「邪魔」「……っ」

極北の吹雪よりも冷たい声色に、イグナは蒼褪め唇を噛んだ。

……う～ん、王都で初めて会った時を思い出す。

硬直した少年を捨て置き、白金髪の美少女はそのまま僕の前へ。

顔を上げ、ほんの微かに目じりを下げ、

「アレン、おかえり。ひしっ」

「あ～！」「なっ⁉」

ティナとカレン、イグナと呼ばれた少年が叫ぶ中、アリスは僕に抱き着いた。

飛び交う氷華と雷光を手で払い、頬を掻く。

「……『おかえり』は変じゃないかな。久しぶり、アリス」

「？　私の下に帰って来てくれて、嬉しいのに？？」

きょとんとし、アリスは大きな瞳を瞬かせた。ひ、否定し辛い。

言い淀んだ僕に、背伸びをした美貌の勇者様が手を伸ばし、

「ん。アレンはとってもいい子」

わしゃわしゃと僕の頭を撫で回し始めた。くすぐったい。

我に返ったティナとカレンが、慌てて詰め寄って来る。

「ど、同志！　離れてくださいっ‼」「に、兄さんもですっ！」

けれど、そこはリディヤすらも翻弄するアリス・アルヴァーン大公殿下。目で僕へ更に屈むよう要求し、今度は頭を抱きかかえ自慢気。

「ふふん」「「ああ～‼」」

昔はこういう風な悪戯まではしなかったんだけど……リディヤの影響かな？

これ以上は花畑への被害が大きくなりそうだし、助け船を出す。

「アリス、あんまり二人をからかわないでおくれよ」

「ん」

満足したのか、白金髪の少女はようやく僕を解放してくれた。

布袋を差し出しながら、問う。

「はい、お土産。物知りな女の子曰く、光龍の剣らしいよ？　【偽神】が使ってきたんだけど……僕じゃ持て余すし、受け取ってほしい。元々君の家の物らしいしね。あと——僕をわざわざ工都から呼んだ理由を聞いてもいいかな？」

「………」

アリスは質問に答えず、無言で布袋を受け取った。

結び紐を解き、漆黒の鞘に納まった剣をゆっくりと抜いていく。

「そのような代物が光龍だと……？　馬鹿馬鹿しいっ。伝説上の代物ではないかっ！　貴様、アリス様を愚弄してっ‼」

「イグナ」

「は、はっ……」

光を完全に喪（うしな）いボロボロな剣身を見たイグナが激高しかかるも、少女に冷たく制される。

確かに魔力は感じない。

鞘へ剣を納め、少女は左腰に手をつけた。表情は極めて真剣だ。

「預かっておく。あと――アレンを呼んだのには、世界樹よりも高く、水竜海溝より深い、理由がある」

それ程か……僕だけでなく、ティナとカレンにも緊張が走る。

光龍の剣を浮遊魔法で浮かし、アリスは両腰に手をやり、胸を張った。

「私はアレン御手製チーズケーキが食べたくなった。約束の履行を求める！」

「「「……はぁ？」」」

僕達はポカンと口を開けてしまい、固まった。

確かに以前水都で別れた際、『今度はお菓子を作るよ』と約束したけれども。

勇者様の神話じみた美貌をまじまじと見つめると、真顔で続ける。

「冗談。茶目は淑女の嗜み」

「……アリス」

そうだった。こういう突拍子もないことを言う子だった。

何せ、初対面の僕へ『恋を教えて』と迫ってきたくらいだし。

白金髪の少女が手をひらひら。

「アレンを呼んだ大事な理由はある。でも──今は話せない。立会人がいないから。寂しがり屋な半妖精用に魔牢を調整しているシセが、皇宮地下から帰って来たら話す」

「シセ？」「皇宮地下の魔牢に……」「寂しがり屋な半妖精、ですか」

僕はティナ、カレンと顔を見合わせた。

捕えられたという聖霊教使徒次席の『黒花』は、皇宮地下にいるようだ。

しかも──伝説的な大魔法士『花天』シセ・グレンビシー。

ティナとステラのお母さんであるローザ・エーテルハート様と『黒花』の師にして、半妖精族の大魔法士『花賢』チセ・グレンビシー様の妹さんだ。

月神教という、謎の宗教にも関わりが深いと思われる。

アーサーから工都で情報は貰っていたけれど、この地で会えるのか。

……僕を呼んだ件も含め、嫌な予感がする。

そんな僕を他所にアリスはまずティナ、次いでカレンに抱き着き「――ん。そこそこ育った。これなら良し」と満足気に幾度も頷いた。訳が分からない。

ティナの背中に回り込み、アリスは微かに口角を上げた。

「同志、紫がぅがぅもよく来た。歓迎する――アレンが。私の用事が済むまで泊まっていけ。今なら毎日、アレン御手製の料理と菓子がつく」

「先生の歓迎……！」「悪くありませんね」

ティナとカレンはあっさりと懐柔された。……僕、呼び出された側なんだけど？

苦笑していると、地面が震えた。

「アリス様！　このような者達を聖域の中に入れるのは……っ⁉」

顔を上げたイグナの真横を雷の刃が通過し、長い黒茶髪を数本切断した。

後方の花には一輪たりとも害を及ぼしていない。尋常ならざる魔法制御だ。

白金髪を手で払い、アリスが淡々と宣告する。

「私が許可をした。アレン達がいれば護衛はいらない」

「……っ！　……はい。申し訳、ありませんでした………」

イグナは震えながら言葉を振り絞り跪き、花吹雪が舞い――消える。

転移する直前に交わったその瞳には絶望と、僕への底知れない嫉妬が見て取れた。

アリスへ目をやると、端的に説明してくれる。

「一族の子。オーレリアがいない時に来る」

工都でリディヤとシェリルに聞いた話だと、先代『勇者』オーレリア・アルヴァーン様は今、王都へ赴かれているらしい。

そう言えば、他の『アルヴァーン』一族に会ったのは、今日が初めてだな。

白金髪の美少女は華奢な手で前髪を押さえ、寂しげに目を細めた。

「私とオーレリアを除けばイグナが一番強い。けれど、私の持つ雷龍の剣『黒夜』と対となる子に——喪われて久しい光龍の剣『白夜』に気付かなかった。アレンの強さにも」

字義通り『大陸最強』を謳われる少女は淡々と事実を口にする。教授が言っていたように、大公家にも問題はあるみたいだ。

あと僕はともかく——対だって？

ロス・ハワード、とんでもない物を押し付けてくれたなっ。

イグナによって踏み躙られてしまった花を、アリスが拾い上げる。

「あの子に『勇者』は継げない。私で……最後」

「「………」」

そこに込められた僅かな寂寥に、僕達は言葉を喪う。

——目の前にいる女の子が『最後の勇者』か。

「シセはきっと明日にでも戻る。けれど」

僕の両袖を無意識に摘まんだティナとカレンを見やり、アリスは何でもないように話題を変えた。細く白い指を、僕の鼻先に突き付ける。

「その前に私へ世界で一番美味しい紅茶とチーズケーキ。——返事？」

王都で出会った時、目の前の少女はまるで機械みたいだった。

——でも、今は。

風が花の香りを運ぶ中、僕は片膝をつき、恭しく頭を垂れる。

「アリス姫様の仰せのままに」

「ん♪」

＊

皇宮の豪華絢爛(ごうかけんらん)な廊下には焦げた跡があった。骨竜の攻撃は、想像していたよりもずっと激しく広範囲に及んでいたらしい。

非公式とはいえ、皇帝との会談なのに警護の兵がいないのもその為(ため)かしら？　鏡面の如(ごと)く磨かれた大理石に、白蒼のドレス姿の自分――ステラ・ハワードが映る。

本当は、アレン様達と一緒にアリスさんの御屋敷(おやしき)に行きたかったな。

今頃、ティナとカレン、アリスさんはきっと楽しくお喋(しゃべ)りして……。

私が悶々(もんもん)としていると、皇宮に入ってからずっと情勢の説明をし、私達の先を進まれる教授が左手を軽く振った。

「つまり――グラハムとアンナ、ミナ嬢達には骨竜召喚の媒介、その出所について調査を進めてもらっているのさ。ロストレイで出現した物は勇者殿とステラ嬢が、水都で出現した物はアレンが消滅させてしまったからね。今回は三頭も大盤振る舞いしてくれたお陰で多少断片も残っていたんだ。捕えた『黒花』の尋問も予定されているよ」

「ふ～ん」「………」

紅のドレスに着替えたリディヤさんは興味なさそうに。

淡い紅色のドレスのリリーさんは珍しく黙り込み、視線を彷徨(さまよ)わせている。気持ちはとても分かるけど……ごめんなさい！　皇帝への挨拶役を決めたのは籤(くじ)なので。

私は内心で謝りながら、おずおずと教授の言葉を訂正する。

「教授。骨竜を倒したのはアリスさんです。私は何も……」

「ステラ嬢、君がロストレイ一帯を浄化したことは今や帝国民だって知っているんだ。アレンの数少ない欠点まで真似ることはないさ」

「えっと……あ、ありがとうございます」

御礼を返すも戸惑う。

……帝国の民まで知って？　そ、そんな。後でアレン様に相談しようかしら。

そうこうしている内に廊下の果てが見えてきた。

鋼鉄製と思しき扉前には、完全武装の若い男性騎士が僅かに一人。教授が言っていたように、挨拶は謁見の間ではなく、皇帝の私設空間である内庭で行われるようだ。

「カール殿、御苦労様」「はっ！」

教授が声をかけると、騎士は敬礼し扉に触れた。

精緻な魔法式が浮かび上がり、音もなく開いていく。

「さ、着いたよ。陛下への挨拶は――」

「リリーよ」「リリーさんです」

間髪を容れず、リディヤさんと一緒に答える。

すると、教授は得心し穏やかな陽光の降り注ぐ内庭へ歩を進め、私達も後に続いた。

「う～。ど、どうしてこんなことに……こ、こうなったら……」

後ろでリリーさんがぶつぶつと呟いているけれど、今日だけは許してもらおう。

内庭は思っているよりもずっと質素で、かつ古いように思えた。

石製の天井や、それを支える八本の石柱は苔生し、多くの小鳥達が飛び交い、様々な種類の樹木が無造作に生い茂っている。

その中央付近で私達を待っていたのは、白髪ながら筋骨隆々とし、軍服を着て腰に魔剣を提げている老騎士だった。只者じゃないわね。

教授がにこやかに話しかける。

「モス殿、お待たせしました」

白髪の老騎士もまた相好を崩す。

もしかして――この人が帝国軍大元帥モス・サックス？

「お待ちしておりました、教授。先だっての助力、改めて感謝を。お陰で民の死傷者は奇跡的に出ませなんだ。そちらの見目麗しい姫君方はもしや？」

「我が国の公女殿下達です。お伝えしていた通り皇帝陛下に御挨拶を」

リディヤさんは古びた石柱をただ見つめられ、リリーさんも沈黙中なので、私は慌てて会釈する。……非礼だと思われないかしら。

けれど、歴戦の老騎士に気にした様子はなく、顎の白い髭に触れた。

「各都市より報告は受けておりました。無事の到着に安堵しております。陛下はこの時間、御眠りになられているやもですが……まぁ、構いますまい。どうぞ此方へ」

以前目を通した資料だと七十歳を超えている、とあったけれど、それを感じさせない足取りでモスが内庭中央へと歩き始めた。私はホッとし、胸を押さえる。

……もうっ。アレン様がいないと、リディヤさんもリリーさんも儀礼とかをなおざりにしがちなんだから。依然として様子の変わらない紅髪の公女殿下達へ私がジト目を向けていると、教授が小声で囁いてきた。

「（分かっていると思うけれど……帝国大元帥のモス・サックス殿だよ。腰に提げているのが世に名高き魔剣『陥城』さ。『天剣』とも戦場で幾度となく剣を交えてきたらしい）」

「（！　アーサーさんとですか？）」

ララノアで出会った金髪の英雄を思い出す。

私は本気で戦う所を直接見ていないけれど、その実力に疑いはない。

皇都へ来る途中、アレン様も激賞されていた。

少しだけ……嫉妬を覚えたくらいに。

目の前を大股で進む老騎士もまた、ユースティンの英雄なのだろう。

「陛下！　ユーリー・ユースティン陛下‼　何処におられるかっ‼！」

石畳の路を進みつつ、モスが大声で呼びかける。

驚いた小鳥達が一斉に飛び散っていく中、内庭の中心に置かれた椅子が回転した。

――そこに座っていたのは、礼服を着た小柄な老人。

「聞こえておるわ、モス。そう毎度毎回怒鳴ってくれるな。寿命が縮まるではないか。いや……縮まって良いのか？　さすれば、ヤナへ譲位することも容易に」

「残念ながら……陛下が毎日お飲みになられている紅茶には、以前よりも更に延命の効果がある秘薬を混ぜております」

「くっ！　ま、またしても、余と同じ思考に到っていたというのかっ⁉」

「私は寿命が来る前に隠居致します。幸い、愚息も育ってきましたので」

「ば、馬鹿なっ！　そ、そのようなこと、余が許すわけなかろうがっ‼」

二人の老人が私達に構わずその場で言い争う。血で血を洗う内乱を制し、つい先日も皇太子を含む多くの貴族を粛清した人物達には見えない。

呆気に取られていると、教授が指摘される。

「仲良しですねぇ」

　ピタリと動きが停止。

　モスが自分の後方へと移動したのを確認し、老帝は枯れた左手を払った。

「……ふん。教授も来ておったのか。どうせ、碌でもない話を持ってきたのだろう？」

「そう邪険にしないでください。僕と陛下の仲じゃないですか。ああ、これは作成依頼を請けていた『皇都菓子店巡り』の初版です。どうぞ」

　教授は表情一つ変えず、懐から小冊子を取り出す。……王国の使者として来られているると聞いたのだけれど？

　老帝は苦々しそうにしつつも、小冊子を受け取り吐き捨てた。

「この腹黒大魔法士めがっ！　……で、用件は？」

「リリー嬢」

「――はい」

　名前を呼ばれ、紅髪の年上公女殿下が前へと進み出た。その後ろで観察を終えたリディヤさんが口を動かす。映像宝珠を持ってくれれば良かったわね。……もうっ。

　私が目で注意していると、リリーさんは優雅に挨拶を開始された。

「お初に御目にかかります。リンスター副公爵家長女、リリーと申します。突然であったにも拘わらず入国及び帝国諸都市上空通過を寛大にも許可頂きましたこと、心より感謝申し上げます。――『主』からもそう御伝えするようにと、言付かっております」

「なっ⁉」

余裕綽々だったリディヤさんと、挨拶をしないで済みホッとしていた私の口から、驚きの叫びが零れ落ちる。

い、今……『主』って？　そ、それって…………。

白い眉を動かし、老帝が問い返される。

「……主だと？」

「はい♪　私の御主人様はア――むぐっ」

「……リリー、そこまでにしておきなさい」「……リリーさん、後でお説教です」

豊かな双丘を張って答えようとした年上公女殿下を、リディヤさんと二人で口を手で覆い拘束。棘のない氷蔦でも縛り上げる。

幾らこの場が非公式だからって、許せない発言はあるのだ。

唖然とした老帝と老元帥に対し、私達は何もなかったかのように名乗る。

「リンスター公爵家長女のリディヤよ。今のは、憐れな従姉の世迷言だから忘れて」

「ハワード公爵家長女のステラと申します。リリーさんは旅の疲れが出たようです」

心地よい北の風が私達の間を通り抜けていく。聞こえてくるのは「リ、リディヤ御嬢様、ステラ御嬢様、酷いですぅ～」という裏切者の文句だけ。許しません。

「――くっくっくっ」

額に手をやり、老帝が愉快そうに笑いを漏らし、教授と老元帥は慣れているのだろう、大きく肩を竦めた。

「よもや、とは思ったが……今の世に名高き『剣姫』殿と、昨今我が国でも信奉されつつある噂の『聖女』殿であったか。公女殿下が同時に三人訪ねて来るとは……やはり、長生きなぞするものではないな」

「せ、聖女って……あの、私は……」

おずおずと発言の訂正を試みる。私はそんな大それた女じゃない。浄化魔法だって、アレン様に創っていただいたものなのだ。

けれど、私が言葉を続ける前に教授が口を挟んできた。

「あ、実は四人なんですよ。ハワード公爵家次女のティナ嬢はアリス殿の要望で、先んじて古教会へ向かわれました」

「……大魔法士殿？　老人を虐めて何が楽しいのだ。公女殿下が四人？　前代未聞ぞ」

背もたれに身体を預け、老帝は改めて名乗った。

「ユーリー・ユースティンだ。皇都にいる間は歓待しよう。今や、我が国と王国とは同盟関係にあるのだからな」

肩の力が抜ける。――一先ずの『挨拶』はこれで完了。

氷蔦を自力で解き、私の両肩に手を置いたリリーさんも嬉しそうだ。

私はリディヤさんへ目線を動かそうとし――

「で？　この場におらぬ者達とは何時会えるのだ？？　報告によれば、グリフォンは合計で四頭。ハワードの次女を含めても数が合わぬであろうが」

老帝の問いかけに固まってしまった。

ティナはともかく、アレン様とカレンについてこの場で尋ねられると思っていなかったからだ。後ろのリリーさんも同様なようで、困惑の色を隠せていない。

「その前に一点確認を。モス殿、皇宮に他国の公的地位を持たぬ者を入れるのは可能なのでしょうか？」

左手の人差し指を立て、教授が老元帥へ向き直った。

――そう、そうなのだ。

アレン様は勿論、カレンだって凄い子だ。けれど、あの二人は狼族であり……こういう場において、獣人族と『姓無し』は多くの国で排斥されている。きっと帝国でも。

案の定、老元帥は難しい顔になり、丸太のように太い腕を組んだ。

「まかりなりませんな」

冷え冷えとした空気が漂う。……やっぱり。

すると、老帝はつまらなそうに椅子の肘置きを指で叩いた。

「ふんっ。そやつ等は『勇者』の客人なのだろう？　何も問題ないではないか」

「馬鹿共がまた五月蠅くなりますぞ？」

私はリリーさんと目で会話。旧弊に悩まされているのは、王国だけじゃないみたい。

テーブル上の眼鏡をかけた老帝が感情のない声で決定事項を告げる。

「構わぬ。先の粛清をも隠れ抜きおった阿呆共を焙り出せるやもしれぬわ。対外的な理由付けが必要ならば――そう、皇宮魔牢に幽閉した『黒花』の尋問立ち合い、とでもすれば良かろう。……その前に死ぬやもしれぬが。もう少し後ならば、奇妙に沈黙しておる工都の最新情勢について意見を聞く為でもよい」

！　聖霊教の使徒次席が死にかけている？　単独でアトラス侯国の『七塔要塞』に乗り込み、名将ロブソン・アトラスすらも暗殺したという半妖精族の大魔法士が？

あと、工都が沈黙？　どうして？？

脳裏で疑問が渦を巻く。アレン様へお伝えしないと……。

決意を固めていると、老帝は小冊子を捲り、当然かのように告げた。

「噂に聞く『剣姫の頭脳』――いや、新しき時代の『流星』であったか？　死ぬ前に一度顔を見たいと思っていたのだ。その義妹である先祖返りの『雷狼』にもな」

「「えっ⁉」」「……へぇ」

私とリリーさんは瞳を見開き、リディヤさんは目を鋭くさせた。

――この老帝は、アレン様だけでなくカレンについても調べあげている！

教授が軽く首を振られた。

「彼を呼びつけるのならもう一声欲しいですね。妹さん絡みだと頑固なんですよ」

確かにそうだ。アレン様はカレンをとても大切にされている。

ちょっとだけ、過保護かも？　と思える程に。

自分だけが皇宮に招待されても、きっと断られるに違いない。

冊子にペンを走らせ、老帝が考え込む。

「……ふむ、では」「この場所」

突然、リディヤさんが会話に参加してきた。

長く美しい紅髪を、『炎麟』の紋章が輝く右手で押さえ、真っすぐ老帝に問われる。

「植物に覆われているし、細部に違いはあるけれど――南都にも似たような場所があったわ。いったいどういうこと？」

南都にも似た場所？　もしかして。

リリーさんも頷き唇を動かす。リィネ御嬢様が調査に行かれている廃礼拝堂です。

――パタン。

小冊子を閉じ、老帝がリディヤさんと目を合わせた。


「『八大精霊』と『八異端』――」


『！』

私達だけでなく、教授ですら驚かれる。

八大精霊は分かる。アトラ達だ。

けど……『八異端』？　リディヤさんやリリーさんと顔を見合わせる。

内憂外患多き大国を、五十年以上に亘り統治してきた恐るべき怪物――ユーリー・ユースティンは気怠げに続けた。

「狼族のアレン殿へそう伝えよ。余と直接話をしたくなるであろう。ああ、皇宮に来る際は相応の服装でな。妹殿も。――御苦労だった、モス以外は下がって良い」

＊

炎の魔石で十分に温め、溶かしバターをさっと塗った丸型の銅板上に、小麦粉、卵、牛乳と砂糖を混ぜ合わせ、氷冷庫で少し休ませた薄黄白色の生地を時計回りに流し入れる。

そのままだとすぐに焼けてしまうので、王国の王都でもバザールでしかまず見かけない、トンボと呼ばれる、生地を延ばす特別な調理道具で丸く延ばしていく。

古教会内にここまで立派な厨房(ちゅうぼう)やたくさんの部屋があるのも想像出来なかったけれど、まさか皇都でクレープを焼くなんて……。この丸型銅板も特注なんじゃ？

わざわざ『アレン殿用』『カレン殿用』とメモ紙付きのエプロンまで用意されていたし、先代勇者のオーレリア様は料理好きなのかもしれない。

「「お～」」

近くで見学中の、これまた用意されていた獣耳フード付きの私服に着替えたアリスとティナが歓声をあげた。隣でクレープの具を準備してくれている、エプロン姿のカレンも優しく微笑(ほほえ)む。

窓越しの内庭ではルーチェが木陰で丸くなり、気持ちよさそうに眠っている。

——平和だなぁ。

御所望のチーズケーキは肝心要のチーズが足りなかったので、明日以降に順延したけれど……クレープで正解だったかもしれないな、っと。生地の端が焼けてきたので、薄手の長い木べらでひっくり返すと、ティナとアリスが歓声をあげた。

「先生！　と～ってもいい匂いです」「アレン、魔法？　魔法？？」

「魔法じゃないよ、アリス。昔、少しだけ練習したことがあったんだ」

生地に火が通ったので、手早く皿に取って隣へ。

「カレン、頼むね」

「はい、兄さん」

鉄板にバターを引き直し、二枚目を焼き始める。

そんな僕の横で、カレンが焼きあがったクレープを細長い木べらで手際よく三角形に畳んでいく。王都の下宿先でもよく作るのだ。

テーブル上には、蜂蜜、ジャム、瓶詰めされた様々な果物、生クリーム、くるみの砂糖がけ等がずらり。妹が不敵に笑う。

「さ、何が良いですか？　好きな物を添えてあげます。牛乳の氷菓子もありますよ」

「むむ……難問ですね」「凄く難しい」

ティナとアリスが真剣な表情で唸り、あーだこーだと議論を開始した。

やっぱり、オーレリア様は料理が趣味なのかも？

僕が次々とクレープを焼き続けていると、両足に抱き着く感触。

「アレン♪」「…………」

目線を落とすと、お揃いの白服を着て満面の笑みな、獣耳と長い白髪の幼女と、やや不安そうな白鳥羽交じりの蒼の長髪の幼女がそこにいた。御目覚めのようだ。

二枚目をお皿へ移し、挨拶する。

「おはよう、アトラ、レナ。今、クレープを焼いているんだけど、食べるかい？」

「甘いの？　たべる～」「……わ、我は別に、その……」

アトラが嬉しそうに飛び跳ね、レナは両手の指を弄り、ちらちら。とても和む。

未だに悩むティナを一時的に放置し、アリスが幾度か小首を傾げ、小さな手を叩いた。

「『雷狐』と『氷鶴』。アレン」

「ん～？」

三枚目のクレープが焼けていく。良い匂いだ。

全ての指を動かし、アリスはアトラ達へ一歩近づいた。

「細かい話は後回し。もふもふしても良い？」「！」

唐突な要求に、幼女達の動きが急停止。

僕を盾にするかのように両足の陰に隠れ、頭だけを出した。

クレープを引っ繰り返し、僕は白金髪の勇者様の頭を手刀で叩く振り。

「……駄目です」「♪」「と、当然であろう」

「むぅ。なら、紫がぅがぅの獣耳と尻尾で今は我慢する」

「私で代用しようとしないでください」

氷冷庫を開け、氷菓子が入った硝子箱を取り出したカレンが呆れた顔になった。

手際よく、氷菓子と砂糖がけのくるみ、ミントをクレープに添え最終勧告する。

「つまり、アリスさんは具無しで良いんですね？」

「！？！！！」

白金髪が揺れる程、勇者の少女は激しく動揺し、よろめいた。

縋るようにティナへ視線を向けるも「――完璧です！」と自分のクレープに夢中で気づきもしない。アリスは肩をガクリと落とし、瞑目した。

「――……蜂蜜と野苺」

「よろしいです。さ、座ってください。アトラ、レナも具を選びましょう」

「♪」「わ、我は別に……が、そこまで言うなら、うん」

カレンがてきぱきと指示を出す。僕の妹、凄いのだ。具を選ぶ大精霊達を見つつ、木製の椅子へ座り、アリスはティナの頰っぺたを突く。

「アレンはとてもケチ。同志の教育が悪い」

「異議ありです。先生は出会った時から意地悪でした」

「……むぅ。一理ある。私にも王都で意地悪した」

僕は銅板を白布で拭き、手をかざして炎の魔石に魔力を足す。

「おや？　アリスとティナは、クレープを焼いているのが誰か分かっていないのかな？　ん～疲れてきたなぁ。お代わりは無しかもなぁ」

「！　……ア、アレン、嫌な子」「せ、先生は本当にズルいですっ！」

ナイフとフォークを手に公女殿下と勇者様がぶーぶーと文句を言ってくるも、クレープを食べ始めると「「！　♪」」完全に沈黙。口にあったようで何より。

僕はティーポットを手にし、カップへ紅茶を注いでいく。

「ぱたんぱたん♪」「見事ぞ、雷狼の娘。我はその白いフワフワのが良い」

カレンが木べらでクレープを畳んでいくと、アトラとレナがはしゃぐ。可愛い。

クレープを幸せそうに口へ運んでいたティナが、テーブル上の小さな硝子瓶へ目を向け、フォークを皿に置いた。

「あ、この蜂蜜、もしかして……」

紅茶を一口飲み「合格」と呟いた後、アリスはカップをソーサーへ。

「ガロア産。ハワードから取り寄せた。皇帝にも薦めてある」

以前、ティナに聞いた。北都で開発を進めていた蜂蜜の話。

薄蒼髪の公女殿下は小さな身体を感動で震わせ、隣の勇者様を躊躇なく抱きしめた。

「同志……！　有難うございますっ‼」

「くすぐったい。私は素直な感想を言っただけ」

テーブルに二つの皿が置かれたので、浮遊魔法でアトラとレナを椅子へ。

幼女達は待ちきれない様子で、座った途端、氷菓子と生クリームがたっぷりと添えられたクレープへ挑み始めた。

「ティナとアリスは本当に仲が良いね。カレンは何にする？」

鉄板に新しい生地を流し入れつつ、妹へ聞く。

すると、僕がトンボを使う前に細い手が伸びてきた。見事な動きで薄く延ばす。

「では——兄さんのお薦めでお願いします」

「了解。ちょっとだけ大人向けにしようか」

焼き上げたクレープを皿に載せ、三角形ではなく中央に窪みが出来るよう四角形に畳む。

そこに載せるのは無塩バターと蜂蜜。そして、ほんの少しの塩だ。

抱き合っているティナとアリスが目を瞬かせる。

「塩、ですか？」「……美味しい？」

「それはカレンに聞いてみよう。座っておくれ」

「ありがとうございます、兄さん」

妹はいそいそとエプロンを外し、椅子に腰かけた。

ナイフとフォークを使いクレープを切り分け、上品に一口。ふんわりと相好を崩す。

「――美味しいです。世界で一番」

予備のカップに紅茶を注ぎ、新鮮な柑橘を薄くナイフで切って入れる。

「カレンは大袈裟だなぁ。王都でも食べているじゃないか」

「それはそれ、これはこれ、です」

「そんなもの？」「そんなものです」

お澄まし顔で紅茶を飲み、妹は獣耳を動かした。

早くも一枚目を食べ終えたティナとアリスは「次は何にしましょう？」「気になったのを分ける？」と相談中。余程気が合うらしい。

そろそろ、リディヤ達も来る頃かな？

アトラとレナの口元を白布で拭っていると、庭のルーチェが顔を上げた。

重力を一切感じさせず降り立ったのは、疲れた様子の少女。

長く淡い紫髪を翡翠(ひすい)色のリボンで結び、花付軍帽に何故(なぜ)か王立学校の制服姿だ。

……この魔力、半妖精族の。

少女はルーチェの長い首を撫(な)でると、扉を開け部屋の中に入って来た。

その場で立ち止まり、アリスと目線を合わす。

「なんだ、客人かい？　随分と珍しい連中が揃って……」

少女は外見にそぐわぬ剣呑(けんのん)な口調で問いを発しようとし、沈黙した。

視線の先にいるのは——ティナ。

花付軍帽を外し、両手で握りしめ震え始める。尋常な様子じゃない。

「あ、あんた……そ、そんな………」

ティナとカレンも戸惑い席を立ち、僕の傍(そば)へ。

「えっと……私に何か、きゃっ」「！」

少女の姿が掻(か)き消え、公女殿下を抱きしめた。遅れて軍帽が零(こぼ)れ落(お)ちる。

精緻極まる短距離転移魔法だ。

「ローザ！　ローザ!!　ローザ!!!　許して……許しておくれっ。あたしが、あたしがどうしようもなく愚かだったばっかりに……生きるべきあんたを………死なせてしまったっ。嗚呼、どうして……どうして、あたしはあんたに『継承』の話なんか………」

少女は許しを請うかのように暫くの間泣き続け、やがて静かになった。

抱きしめながら、ティナがポツリ。

「……寝ちゃいました」

「「………」」

僕とカレンは黙り込み、複雑な表情になった。

少女へ浮遊魔法をかけ、ソファーへ寝かせ確認する。

「ん。シセ・グレンビシー」「妖精？」「先祖返りであろう」

勇者が名を、アトラとレナは情報を足してくれた。半妖精族じゃないのか？

「アリス」

目を細め、哀しそうにアリスが零す。

「きっと、同志を教え子の『氷姫』ローザ・エーテルハートと間違えた。シセにとって、今でも心の大部分を占めている存在だから」

ティナが僕の左袖をぎゅっと摑んだ。大きな瞳を更に大きくし、言葉を繰り返す。

「御母様と私を……？」

「昔一度だけ、旅をしていた頃の映像宝珠を見せてもらった。とてもよく似ていた」

「そう、ですか……」

薄蒼髪の公女殿下は顔を伏せ、僕の左腕に押し付けた。華奢な肩は震えている。

……亡くなった母親の名前が突然出てきたのだ。無理もない。

アリスが次の具を物色しながら、怜悧さを滲ませる。

「ここ最近、『黒花』を延命していた。死なせると情報が手に入らないから。二、三日眠れば起きる。『偽賢者』と『偽三日月』は憐れな『黒花』を見捨てて逃げた」

「──了解」

聖霊教使徒首座と次席。水都で交戦した恐るべき吸血姫。

ララノアに戦場を抱えていた敵側が投入可能な最大戦力を以てしても、『勇者』と『花天』を相手にしては対抗困難だったようだ。……『偽』、か。

紅茶を飲み干し、アリスが不機嫌そうに頬杖をつく。

「……もう来た。これだから紅い弱虫毛虫は」

「え？」

廊下側の木製扉が勢いよく開いた。僕とカレン、涙を拭いたティナも顔を上げる。

「アレン♪　リア、きた～☆　甘いの食べる～！」

勢いよく中へ入って来たのは、アトラとレナと同じ白服で獣耳に紅髪な幼女――大精霊『炎鱗』のリアだった。

次いで、廊下から少女達の会話も聞こえてくる。

「はぁ……肩が凝ったわ。明日はあいつを連れて皇都へ買い物にでも行こうかしら？」

「リディヤ御嬢様、公平性に欠くと思いますぅ～。挨拶をしたのは、わ・た・し、です。つまり、買い物に行くのは――」

「リリーさんは抜け駆けをしようとされたので、相殺です」

「ス、ステラ御嬢様が辛辣ですぅ～」

一気に重い空気が霧散。アリスが軽く左手を振った。

……シセ様も眠ってしまったし、この場はここまでだな。

ティナも表情を和らげ、僕に大きく頷いてみせた。

強くなったな。魔法だけじゃなく心も。女の子は凄いや。

僕はアトラとレナとじゃれつくリアを見守り、妹へ片目を瞑る。

「カレン、もう少しクレープ作りを手伝ってくれるかい？」

「はい、兄さん♪」

「……イオの魔力が辿れなくなったか」

＊

皇都東部郊外。内乱時代に放棄された森に呑み込まれつつある旧市街の一角で、長距離探知を行っていた聖霊教使徒首座『賢者』アスター・エーテルフィールドが言葉を零した。

蒼く縁どられたフード付ローブはボロボロで、木製の杖にも深い傷がついている。

近くの瓦礫に腰かけ、様子を見守っていた私――大英雄『流星』唯一の相方にして恋人だったアリシア・コールフィールドは、畳んだ黒傘を手に相槌を打つ。

「『花天』の仕業ね～。皇宮の結界を強化したみたい。死んではいないと思うわぁ」

――数日前、私とアスター、そして使徒次席の『黒花』イオ・ロックフィールドは、皇宮を三頭の骨竜で襲撃させ、同時に『勇者』が住まう古教会へ奇襲をしかけた。

目的は史上初めて【星約】を犯し、死者を蘇らせた【本喰い】の禁書。

魔法衰退の時代にあってもなお神代の力を行使し、魔王や七竜にすら匹敵し得る『勇者』が事前情報通り不在ならば作戦は成功する……筈だった。

けど、結果は敗走。謀られたのだ。

吸血姫になって二百余年。

不敗ではなかったものの……あの忌々しい古称号持ち二人は別格だった。斬撃、雷、刃と化した植物に幾度手足を切断され、再生させたかは覚えてもいない。

形勢悪し、と判断した私達は撤退に成功したものの、かつての師である『花天』との決着に拘ったイオは退かず、挙句の果てに囚われてしまったのだ。

私は三日月形のイヤリングに触れ、普段よりも更に厳しい顔の男に尋ねる。

「で、どうするの？　アスターちゃん」

「私とお前ならば、イオを救うことは出来よう。が——私かお前のどちらかは死ぬ可能性が高い。たとえ『勇者』が出て来なくても、だ。今の皇宮には『陥城』率いるユースティンの最精鋭だけでなく、『深淵』『死神』率いるハワード、リンスターの恐ろしく厄介な連中。何より、あの教授がいる。気紛れな『花天』も動けば……駄目だな。手駒が足りん。ララノアで任をこなしていた者達も、計画通り既に教皇領へと退いている」

「竜の骨片も使っちゃったしねぇ」

アスターはフード下の顔に眉間を寄せ、探知魔法を解除した。

踵を返し、夜道を歩き始める。

「我が最終目的の為ならば、命なぞ何時でも捨てるが……当初の目的である【本喰い】の禁書を我等は奪えなかった。──此処は退く。予期せぬ遭遇ではあったが、『勇者』アリス・アルヴァーンの病状も確認出来た。十分だ」

「イオちゃんは見捨てるの？　あの子、馬鹿だけどとっても働き者よ？？」

使徒次席の『黒花』は可愛い子だった。魔法の腕は相当だったし、頭も回る。転移魔法で大陸西方を駆け回り、探索、強襲、暗殺で私達に多大な貢献をしてきた。

──けれどその内面の一部は未成熟なまま。

だからこそ、『花天』の挑発を受け流せなかった。

だからこそ、『勇者』の雷を受け止めようとした。

口癖の『大陸最高魔法士』にもなれる才能があったのに。

「確かに働き者だったな。使徒次席としても申し分ない──使い易い『駒』だった」

アスターが冷厳に評する。

その場で立ち止まり、木製の杖を振るうと空中に花を模す魔法陣が出現した。

「が──半妖精族の秘呪、戦略転移魔法『散花幻星』の模倣は既に済んだ。規模と精度は劣るが当面は十分。次席はアリシア、以後お前が引き継げ。なに、イオとて歴戦なのだ。たとえ、神代の残り香たる光無き魔牢に囚われようとも、自力で脱出する可能性は決して低くはない。後先考えず奮迅すれば、皇都自体を潰すやもしれぬ。奴の身体にも大魔法だけでなく、『石蛇』の力が刻印され、胸には『王都大樹の最も古き新芽』、その一片が埋め込んであるのだ」

「次席を継ぐのは別に構わないけれど……」

手の黒傘をクルクルと回し、言い淀んでいると、アスターが振り返った。

「私の指示が不服か？」

「違うわぁ。……ただ」

黒帽子のつばを上げ、ここ数日来の疑問を口にする。

「どうしてそこまで焦っているの？　ラノアで何かあったぁ？」

「………………」

束の間の沈黙。

魔力光でぼんやりと浮かぶアスターの無表情な顔が不快そうに歪んだ。

「『天剣』アーサー・ロートリンゲンが失踪した。おそらくはもう……死んでいる」

……道理で焦るわけね。

今回のララノアで起こした騒乱において、彼の英雄を討つことは不可能じゃなかった。

けれど、アスターはそうさせず、後の『贄』としてわざと残したのだ。

ロートリンゲンの血を引く『天剣』程、相応しい存在は大陸西方にいない、と。

「へぇ。老吸血鬼のイドリスお爺ちゃんを殺した英雄様が。世界は広いのね」

「………征くぞ」

アスターはますます顔を顰め、花を模した魔法陣を潜り抜けた。

私は黒傘を広げ、肩越しに皇都の方向へ目を細め、別れの挨拶を零す。

「じゃあね、愚かで健気な半妖精さん。奮戦を心から——心から期待しているわ。また会えたら、散々文句を言ってちょうだい。そして、その時は」

使徒首座が知らない話をしてあげる。

貴方が自分で刻んだと思っているもう一柱の大精霊についても、ね。

冷たい北の夜風が吹き荒れ、私の独白は闇の静寂に呑まれ消えていった。

第2章

「はぁ……そろそろ来る時間よね」

テーブル上のソーサーに小鳥が描かれたカップを置き、私――リンスター公爵家次女のリィネは緊張の溜め息を零しました。

非公式とはいえ、今日は兄様に、『剣姫の頭脳』のアレンに託された大事な会談。

悩んだ末に剣士服を着ましたが……もっと気軽に考えて、私服でも良かったかもしれません。赤い前髪を手で直し、空を見上げます。

――良い天気。屋敷の庭で歌う小鳥達も嬉しそう。

南都に冬の気配は未だ無く、こうして外へテーブルや椅子を出していても、寒さは感じません。兄様達が向かわれた北方のユースティン帝国や、親友のエリーがいる王都ではコートが必要でしょう。帰る時は私も用意しないと。

私が現実逃避をしていると、長い乳白髪のメイド――リンスター公爵家メイド隊第六席のシンディが、ティーポットを手に明るく指摘してきました。

「リィネ御嬢様、緊張しなくても大丈夫ですよ～♪　紅茶のお代わり、如何ですか？」

「……貰うわ」

「は～い☆」

カップに温かい紅茶が注がれていきます。

一ヶ月程前に兄様の御依頼で里帰りした私は、南都に残る月神教の礼拝堂跡地を調査。

次いで、ララノア情勢不穏との報を受け、グリフォン便の総元締めである『天鷹商会』会頭エルゼと南都市町のカフェで会談し、リンスター・ハワード合同商会――通称『アレン商会』と引き合わせることを条件に、貴重な黒グリフォンの貸与に成功しました。

商会の件は、まだ兄様にご連絡していませんが、多分、きっと、おそらく大丈夫な筈です。番頭のフェリシアさんは小躍りして喜ぶでしょうし。

エルゼからは更に私的な話として、『月神教』についての連携提案もあったのですが
……頬に手をやります。

「教授の指示で、水都からの要人護衛を終えて王都へとんぼ返りしたテトさん達はともかく、ニッティ兄弟も来ないなんて。正直私の頭じゃ、何がどう繋がっているのかさっぱりなのに……。シーダでも呼ぼうかしら」

何時もあわあわしがちな、月神教を信仰するメイド見習いの少女を見れば、私も少しは落ち着けるかも……。

するとそんなやさぐれがちな私に対し、シンディはお茶菓子の鳥を象ったクッキーを摘まみ、指摘してきました。

「でも～ここで上手く話し合いを纏めたら、きっとアレン様が褒めて下さいますよ？『リィネ、有難う。今度御礼をしないとね』って☆」

「……シンディ、兄様の声真似止めなさい。似てないから」

「え～」

そんな風に戯れていると、テーブル上の通信宝珠が光を放ちました。

『リ、リィネ御嬢様、御客様が到着されました』

「分かったわ、シーダ。サキにも伝えて」

短く応答し、私は気合いを入れ直します。

――いよいよ、聖霊教の暗部に最も迫った方との会談です。

荒々しい足音と共に、まず姿を見せたのは茶金髪で礼服姿の男性――病に倒れた妻の為、聖霊教に協力しながらも、寝返った侯国連合のカーライル・カーニエン侯爵でした。

水都騒乱後は表舞台に出てきていない、という話だったのですが。

侯爵は私の傍へと駆け寄り、猛抗議してきます。

「リィネ公女殿下！　妻は体調が回復仕切っていない。私の付き添いを認めて――」

「旦那様～」

シンディと二人でメイド隊第六席を務める、灰鳥羽根交じりの黒髪が綺麗な鳥族の女性――サキに支えられ、淡い水色髪の女性が杖を突きながら追いかけてきました。

手足は折れそうな程に細く、長袖の服から覗く肌も病人のように蒼白い。

――カルロッタ・カーニエン侯爵夫人。

聖霊教の暗部に触れた結果、不治の呪いをかけられ長く昏睡。兄様の解析により命を救われた人物です。

侯爵夫人は穏やかに硬い顔のカーライルの手を握りしめます。

「大丈夫ですよぉ。もう私には聖霊教から狙われる程の価値はありません。でも、心配して下さってありがとうございます」

「……カルロッタ」

侯爵は奥さんの手を壊れ物かのように取ると、私が手を貸す前に近くのソファーに座らせました。年下の私へ深々と頭を下げてきます。

「リィネ公女殿下、妻をどうか……」

「リンスター公爵家の名誉に懸けて、奥様の安全は保障します」

私の言葉を聞き、カーニエン侯は心配そうにしながらも下がっていきました。

奥さんを助ける為に全てを擲った侯爵。気持ちは理解出来ます。

二人きりになり、お互い名乗り合います。

「リンスター公爵家次女のリィネです」

「カーライル・カーニエン侯爵の妻、カルロッタと申します」

私はサキとシンディに習った通り、予備のカップへ紅茶を入れていきます。

侯国連合南方産の良い香りが漂う中、カルロッタへ誠心誠意の謝罪。

「水都より遠路、南都までお呼び出ししてしまい、申し訳ありませんでした」

「テトさん達には助けられました。前から一度汽車にも乗ってみたかったのです」

どうやら、この侯爵夫人は思ったよりも肝が据わっているようです。エルゼと気が合うかもしれません。社交辞令も兼ね、提案してみます。

「後でうちのグリフォンに触れてみますか？」

「是非♪」

カルロッタは瞳を輝かせ、私の手を握ってきました。

この人は果敢にも聖霊教の闇へ一人挑んだ女傑……な筈なんですが、調子が狂います。

まるで、ティナみたい。

私は帝国へ赴いている親友を少しだけ思い出し手帳を開き、ペンを手にしました。

「カルロッタさん、貴女に聞きたいことがあります」

「はい、リィネ公女殿下。私が知っていることは全てお教えします」

周囲に、サキとシンディの静音魔法が幾重にも張り巡らされました。

頷くと、侯爵夫人は口を開きます。

「当初――私が興味本位で調査していたのは水都の古い歴史でした。『侯王』や大精霊『海鰐』の悲恋。かつて存在したとされる水都の大樹について等です。その過程で大精霊を悪事に使おうとする聖霊教の企みに気が付きました。そこで行き着いたのは『聖女』を自称する存在と八人の使徒だったんです」

「……八人？　偽聖女を含めているんですか？？」

席次持ち使徒達の名前は既に判明し、その人数は七人です。

すると、カルロッタが大きく頭を振りました。

「いいえ、偽聖女、創られた吸血姫、拾われたココノエの剣士を除いて八人です。約二百年前の教皇が記した日誌に記されていたので間違いありません」

「！　二百年前……つまり、使徒制度はそんな昔から存在していた？」

手帳にペンを走らせるのも忘れ、私は唖然とします。

そんなこと、どんな史書にも書かれていません。

「よくそんな物が……教皇庁は、文書を公表しないと聞きますが」

「蛇の道は、です。聖霊教は大陸東方でこそ幅を利かせていますが、連邦や十三自由都市ではそこまででもありません。『侯王』プリマヴァーラ家直系末裔の妻、という肩書は、あちらの国々では相応に有効なので。――クッキー、とても美味しいですね」

侯爵夫人は一瞬だけ怜悧さを覗かせ、応じました。

……この人、カーライルの名を利用して？

カルロッタは何でもないかのように、秘密を告げます。

「使徒首座アスター・エーテルフィールドは『背教者』と呼ばれる、大陸東方の秘教、月神教の裏切者です。彼がどういう経緯で聖霊教に取り入ったのかまでは分かりませんでしたが……約百年前、王都と南方島嶼諸国で起きた重大事件には関与したようです」

「なっ⁉」

両国で起きた重大事件って、もしかして。

紅茶へミルクと砂糖を足し、カルロッタが背もたれに身体を預けました。

「彼が何時何処で、『偽聖女』と出会ったのかも不明です。……ただ、十四年前『十日熱病』で王都を呪ったのは、間違いなく彼女の仕業でしょう」

「……そこまで調べているなんて。でも、どうして断定出来るのですか？」

混乱しながらも、私は辛うじて疑問を呈しました。

カルロッタ・カーニエンが瞳に畏怖を滲ませます。

「見たからです。水都旧市街にあるカーニエンの禁書庫で、基となった神代の石化魔法式を。あれを起動させるには大精霊『石蛇』の力を借りなければなりません。そんな存在、大陸西方では『偽聖女』しか該当しませんでした。『不治の病に冒された子供を癒した』『猛毒の忌み地を浄化した』『不毛の大地を一夜にして花畑へと変えた』……彼女が成した奇跡はその大半が事実なんです。大精霊についてはリィネ様の方がお詳しいかと」

「……そうですね」

兄様の傍で少なくとも二人幼女になっています、とは言えません。信じてもらえないでしょうし。カルロッタは紅茶へ更に砂糖を足し、飲み干しました。

「『十日熱病』の原型を創ったのは、私の御先祖様である初代侯王と、厄災【本喰い】。月神教の創始者です。目的は戦争の抑止。創られて以降はずっと月神教によって管理されていたようですね。王都で使われた理由は……ごめんなさい。分かりませんでした」

「……………」

頭を抱えそうになるのを堪(こら)えます。

兄様ぁ、やっぱり私の頭では全体像を理解出来ません！

風が吹き、私達の髪を靡(なび)かせる中——ふと、自然に疑問が口をつきました。

「カルロッタさん。貴女が聖霊教と偽聖女を調べ始めた切っ掛けは何だったのですか？」

侯爵夫人は紅茶にクッキーをつけ、齧(かじ)りました。

「当初は単なる好奇心でした。昔から本を読むのが好きだったので、最大の切っ掛けは『十日熱病』を知ったことと——遠い遠い過去からの伝言ですね」

「伝言？」

どういう意味でしょうか？

朗らかにカルロッタが教えてくれます。

「カーニエンの機密書庫で読んだ禁書には紙片が挟まれていたんです。**『これを読んだ私の子孫は己の責務をどうか果たしてほしい。優しい海鰐を泣かせないように』**——初代侯王様のものだと思います。私も極薄くとも『プリマヴァーラ』の血を引く者ですから」

私は目を瞬(しばたた)かせます。

「……ただ、それだけで？」

「はい、それだけです。恰好(かっこう)良く言うならば——よいしょっ」

杖を手にし、カルロッタは立ち上がり数歩歩きました。

振り返り、細い手を心臓に押し付けます。

「カルロッタ・カーニエンは名誉の意味を知っていた、ということになります」

偽聖女がこの人を特別に危険視していた理由、今はっきりと分かりました。

――カルロッタは兄様と同じ、如何なる苦境にあっても良識を維持する人。

それがどれ程困難な事か！　戦場を経験した今なら理解出来ます。

ようやく肩の荷が下り、私は椅子に身体を預けました。

「貴女とは有益な話が出来そうですね。『天鷹商会』会頭のエルゼさんに引き続き、兄様へ良い報告が出来そうで、ホッとしました」

「あ！　噂に聞く『水竜の御遣い様』ですね？　水都だと、半ば神様扱いされているんですよ。花園の件も御礼を言いたいと思っていました」

「――その話、詳しく教えてください」

兄様、今度の報告書も実り多い物になりそうです！

空を見上げると、天高くグリフォンが飛んでいました。

*

炎の魔石にかけられた鍋の中で、鶏肉と野菜のスープがことことと煮えている。

古教会の立派なキッチンの窓から見える皇都の朝空は快晴。北国の冬にしては日差しも暖かい。訓練時に挨拶をした内庭のルーチェも、気持ちよさそうに純白の身体と翼を動かし、珍しい蒼の氷蝶や小鳥達と戯れている。リディヤ達も起きて来る頃かな？

白シャツにエプロンを着けた僕は小皿にスープを少し取り、味見。

「——……塩と胡椒か」

世界各地の調味料がずらりと並んだ棚を物色していると、左隣でフライパンを手にした、昨晩遅くオーレリア様と共にやって来た教授が悪い笑み。

エプロンだけでなく、自前の調理帽まで被っている。

「フッハッハッ！　どうしたのかね、リリー嬢？　栄えあるリンスター公爵家メイド隊の実力はその程度だと？？　私はもうオムレツを焼き始めてしまうぞっ‼」

「くっ！　ま、まさか、教授がここまでお料理が上手だなんて……で、でも、私は、私はアレンさんの前で負ける訳にはいかないんですぅ～！」

普段通りの服装にエプロンを身に着け、朝食を作る気満々なリリーさんが、戦意を漲らせ分厚くハムを切った。……この二人は何を争っているんだろう。

スープに塩と胡椒を足していると、長い白髪で紫基調の服を着た美女――アリスの再従姉であるオーレリア・アルヴァーン様が部屋へやって来られた。先代勇者なら、相応の年齢な筈だけれど、二十代後半にしか見えない。

「おやぁ？　焦りで野菜の切り方が雑になっているんじゃないかい、リリー嬢？　そんなことじゃアレンは渡せないなぁ」

「き、教授、精神攻撃は卑怯ですぅ～！」

「クックックッ……勝てば良かろうなのだよ！　勝てばぁ‼」

後ろの二人は楽しそうだ。

恥ずかしくなり、白髪美女に頭を下げる。

「す、すみません。朝から騒がしくて……」

「構いません。久しぶりに幼い頃を思い出しました。今、古教会で暮らしているのは、当代と私だけなので。市内から物品を届けに来る一族の者や、貴方方にちょっかいをかけたイグナですら、我が一族の聖地であるこの場所にはそう長く留まれません。シセ殿の話によると『精霊が多過ぎる』のだそうです」

……光龍の剣が、昨日の夜から発光しているわけだ。

アルヴァーンの少年ですら長く留まれない聖地、か。

昨晩、寝る前にアリスが囁いた言葉も合わせて思い出す。

『普通の人間は留まれない。でも、アレン達は大丈夫。大精霊に好かれているから』

オーレリア様が身を翻される。

「私は当代の部屋に控えています。昨晩は貴方方と話せて嬉しかったようで……正午過ぎまでは竜が来ても起きないでしょう。何かあったら遠慮なく声をかけてください」

「あ、でしたら」

僕は焼いておいたパンにバターを手早く塗り、ハムと新鮮な野菜を挟み込んだ物を二つ作り紙で包んだ。鍋の蓋を外し、黒と白の剣が描かれた白磁の深皿へスープを注ぎ、銀製のスプーンと木製トレイの上へ。

「即席ですが、どうぞ。アリスの分も氷冷庫に入れておきます」

「あ、ありがとう」

オーレリア様は少し驚かれながらもトレイを受け取り、部屋を出て行かれた。

アリスが起きるまで食事を取らない、か。

僕がスープを掻き混ぜつつ、アルヴァーン大公家の内情を考えていると、二つの魔力が近づき、入り口から顔を覗かせた。

「せんせ～、おはようございますぅ～」「まだ、われはねむいぞぉ～……」

薄蒼の寝間着にカーディガンも羽織らず、ティナとレナがとことこ僕の近くへ歩いて来た。表情も寝癖の付き方もそっくりで、まるで姉妹のようだ。

「おはよう、ティナ、レナ。起きたばっかりみたいですね」

「はい。でも、と～っても良い匂いがしたので」「腹がへった～」

寝癖を直すよりも、食べ物の匂いに吸い寄せられたようだ。

僕は少女と幼女へ片目を瞑る。

「もうすぐ出来ますよ。でも、まずは寝癖と着替えを――」

「ティナ、レナ」「「！」」

――ゾワリ。

ララノアの建国記念府地下で相対した【偽神】に匹敵する寒気を覚えた。

教授とリリーさんの激しい戦い？ を聞きながら、入り口へ目をやる。

「お、御姉様！」「せ、聖女！」

ティナ達が僕の足にしがみつき、震えあがった。

そこにいたのは冷笑のステラ。きちんと薄蒼髪も整え終えている。

シャツにみんなと色違いだという薄蒼色のセーターにスカート。身だしなみも完璧だ。

……ティナ達、部屋を抜け出してきたな。

空色リボンを何時もより幾分揺らしステラは室内を真っすぐ進み、僕を盾にしようと試みる少女と幼女を見下ろした。

「そんな寝癖をつけて、着替えもせず朝食を？　——さ、部屋へ戻りましょう★」

「「は、はいっ！」」

公女殿下と大精霊は脱兎の勢いで廊下を駆けていった。

そんな妹達を見送り、ステラが僕へ一歩近づく。

「アレン様、おはようございます。……お騒がせしました。あ、あと、朝食の準備、お手伝い出来なくて申し訳ありません。あの子達の身だしなみを整えたらすぐに——」

「ステラ」

途中から早口になった聖女様を制し、僕はスープを注いだ小皿を差し出した。

大きな瞳をパチクリさせ、素直に味見。

パンに野菜と焼きあがったハムを挟み、感想を尋ねる。

「どうですか？」

「おいしい、です。とても」

周辺に白い雪華と羽根を飛ばし、ステラははにかんだ。ティナと同じく、前髪も左右に大きく揺らしている。小皿を受け取り、僕は片目を瞑った。

「慌てなくても大丈夫ですよ。偶(たま)にはのんびり過ごしましょう」

「――はい、アレン様」

ステラは弾むような足取りで部屋を出ていく。背中に白い翼があるみたいだ。

入れ替わるように、廊下を駆ける軽やかな音。

「アレン♪」

僕に抱き着いてきたのは長い白髪の幼女だった。きちんと着替えを終え、寝癖もない。

「おはよう、アトラ」「♪」

抱きかかえると幼女は頬を僕に擦(こす)り付(つ)け、嬉しそうに獣耳と尻尾を動かす。可愛(かわい)い。

椅子に降ろしてやり、入り口の妹へ挨拶。

「カレンもおはよう。昨日の夜はありがとう。お陰で教授と話せたよ」

普段、僕はアトラと一緒に寝起きしている。けれど昨晩は教授と情報共有をしないといけなかったので、別部屋にしてもらったのだ。

シャツに薄紫のセーター、スカートという出(い)で立(た)ちの妹はお澄まし顔で頭を振った。

「おはようございます、兄さん。問題ありません。妹の務めなので」

「でも、ありがとう。もう出来るから席に」「手伝います」

微かな紫電が走り、カレンは僕の隣へ遷移。

ノートに書いておいた『雷神化』の局限使用⁉　いつの間に。

表情は変えないものの、獣耳と尻尾は自慢気だ。

てきぱきと皿を棚から出し、テーブルへと並べ始めたカレンへ笑いかける。

「仕方ない妹さんだなぁ」

「妹は兄を助ける。世界の理です。アトラも手伝いたいですよね？」

「てつだう～♪」

椅子の上の幼女は小さな手を挙げた。

最近は戦ってばかりだったし、こういう朝があってもいいだろう。

カレンとアトラが二人でパンにバターを塗り、ハムと野菜を挟んでいくのを見守っていると、教授がわざとらしく片膝をついた。

「……くぅっ！　ま、まさか……こ、この僕が………」

「教授……貴方は強敵でした。菓子道へと走った愚兄リドリーにも勝る程の。しかし、私はメイドさんなんです。お料理で負けるわけにはいきません。……いかないんですっ」

決着がついたらしい。カレンが「そもそも……どういう勝負なんですか。あと、オムレツを作り過ぎです」と零した。うん、同感だよ。

教授はエプロンを外し、丁寧に畳むと、人差し指を年上メイドさんに突き付けた。

「ふっ……リリー嬢。どうやら僕は君の覚悟を見誤っていたようだ。けれど、覚えておくといい！　今この皇都には、ハワード公爵家に仕える歴戦の猛者達が集っている。伝説のメイド、シェリー・ウォーカーに鍛えられたあの子達の力量は僕よりも遥かに上だっ‼」

「！　そ、そんな……⁉　で、でも、私は、私は………‼」

二人の背後に魔力光が飛び交う。……仲良しだなぁ。「それはそうと、紅茶の準備もしておかないかい？」「あ、賛成です～」いや、思考法が似ているだけかもしれない。

半ば感心するも、完成したオムレツとハム、サラダを各人の皿へ盛り付け、スープ皿を用意していると最後の子達も到着した。

「朝から飽きずに小芝居をしているわね」「アレン！　リア、きた～」

薄紅のセーターを着たリディヤに抱きかかえられ、獣耳で紅髪の幼女が手を振る。

うん、これでアリスとシセ様以外は起きてきたな。ティナ達も部屋を出たみたいだ。

まぁ……僕と別部屋かつ朝食も作れなかったせいか、リディヤは御機嫌斜めだけど。

床に降ろしてもらい、先程のアトラと同じく僕に抱き着いてきたリアに挨拶。

「おはよう、リア」「えへ～♪」

アトラの隣の椅子に降ろし、カレンへ目配せ。少しの間頼むよ。

すぐさま『……貸し一つ、です』と返ってきた。可愛い妹の為なら、何でも。

そんな僕達を見やり、リディヤが鍋の傍へ。

「――ん」

「はい、どうぞ」

小皿を差し出し、スープの味見をさせる。

紅髪の公女殿下は顎に手をやり、訝し気。

「普段より少し甘くない？」「アトラ達がいるからね」

肩をくっつけ、頭をぶつけてきた。

「……私は胡椒を利かせた方が好き」「うん、知ってるよ」

リディヤとの付き合いも長い。今朝作ったスープは王都の下宿先で作る定番なのだ。

椅子に座り作業を続けるカレンが嘆息。

「リディヤさん、最後に来て文句ですか？　はぁ……まったくこれだからっ！」

「あら、カレン？　寝不足で義姉への口の利き方まで忘れてしまったようね？」

何時も通り仲良く口喧嘩しながら、リディヤは浮遊魔法を発動した。

銀製のスプーンとフォークがテーブルに整然と並んでいく。

——明らかにこの子も成長を続けている。

リディヤは自慢気に胸を張った。

「こいつは私のなの。前世も、今世も、来世もね！」

「……意味不明です。あと、私に義姉はいません。未来永劫出来ません。ちらっ」

パンに野菜とハムを挟み終え、カレンは胸元のネックレスで対抗。僕が以前、誕生日に贈ったものだ。かつて見せた時は大打撃を与えたが……。

棚のグラスを手にし、リディヤは動揺しつつも耐え抜く。

「ふ、ふっ……げ、芸がないわね。今更その程度で私がどうこう、むぐっ」

僕はリディヤの口を手で塞ぎ、訝し気なカレンにも目で停戦の合図を送った。

「はい、そこまで」

ここら辺が潮時だろう。

教授とリリーさん達にも聞こえるよう、手を叩く。

「さ、ステラ達も来るみたいだし、席に座って。温かいスープを配るよ」

朝食を食べ終えると、ソファーで寛ぐ教授が紅茶のカップを片手に僕へ質問してきた。

「で――今日はどうするんだい、アレン？」

少し離れたテーブルでは、リディヤ達が楽しくお喋り中。昨日の晩、たくさん話したろうに、女の子って……。

僕は内庭でルーチェと遊ぶ幼女達に目を細め、椅子に腰かけた。

「アリスが起きるまでは手持無沙汰です。シセ様も眠り続けられていますし……。『黒花』への尋問も皇宮へ行かないと出来ないんですよね？」

「生きているのが不思議なくらいだからね。暇なら良い機会だ。皇都観光でもしてくるといい。これを渡しておこう」

恩師はサラリと怖い情報を口にし、懐から小冊子を差し出してきた。

表紙の題は――『皇都菓子店巡り』。

「……教授」

「賞賛の言葉は不要だよ。我ながら中々の出来だ！」

この人ときたらっ！

異国まで来ておいて、自分の趣味もちゃっかり果たしているなんて。

王都へ帰り次第、研究室で査問会だな。きっと、アンコさんも賛同してくれるし。

小冊子を受け取り、パラパラと捲る。

「でも、オーレリア様がおられるとはいえ、寝ているアリスとシセ様を残して全員で観光には行けないですね。守りを固めた皇都を使徒達が強襲するとは思いませんが」

「ああ、なら」

教授が眼鏡の位置を直し、レンズが妖しく光を放った。

「アレンともう一人で出かければ良いじゃないかぁ？　アリス殿にチーズケーキを作るよう頼まれているんだろう？　アルヴァーン大公家に頼めば届けてもらえるかもしれないけれど、何せ君は働き過ぎだ。偶には散策してくるといい」

『！？！！！』「なっ！」

わざわざ火種を投下して？　は、謀ったなっ⁉

僕が睨みつけるも恩師はどこ吹く風。ぐう。

「き、教授にしては悪くない提案ね」「そ、そうですね！」

「ア、アレン様と……えへ」「兄さん？」

リディヤとティナが早くも同意し、ステラは虚空に視線を彷徨わせ、カレンだけは『先程の貸しを今すぐ返してください』という目でこちらを見ている。

炎の魔石でお湯を沸かしていたリリーさんが両手を叩く。

「ここは公平に籤で決めましょう～☆　教授、作ってください～」

「ああ、分かったよ」「「「……」」」

一気に部屋の空気が鋭い緊張を帯びた。

少女達は各々袖を捲り、精神を集中していく。

教授は座ったまま紙を魔法で切断し、一本の先を赤く染めた。

それを手にして立ち上がり、テーブルの少女達へ差し出し左手で合図。

『せーのっ！』

声を合わせ、少女達の手が紙籤へ伸ばされ――一気に引き抜かれた。

＊

帝国の皇都は大陸西方でも有数の古い都市だ。

千年の歴史を誇る侯国連合の水都よりは浅いものの、数多の戦乱を潜り抜け、大陸西方に君臨し続けている。

数十年前まで内乱続きだったこともあり、皇宮を中心とし形成された街並みの一部はや雑然とし、旧い建物の中には壁や柱に戦災の傷跡の残る物も多いようだ。

大通りも王都に比べれば狭く、走っているのは馬車ばかり。車は今の所見ていない。

それでも、人々の顔は明るく、店や市場には活気がある。

ユーリー・ユースティン皇帝は、当時は従者だったモス・サックスだけを味方に、十代で血で血を洗う帝位争いに完勝。王国のハワード家にこそ敗北を喫したものの、北方諸氏族、ララノア共和国に対し優位を保ち続けた傑物。内政にも辣腕を揮っているのだろう。

「ふふふ～♪　アレンさん、美味しそうなチーズが買えて良かったですね」

紙袋を抱え、僕が皇都の歴史に想いを馳せていると、前を進んでいたリリーさんが鼻歌を唄いながら振り返った。前髪に着けた花飾りと左手の腕輪が陽光を反射し煌めく。

そう――王国武闘会決勝もかくや、という緊迫の籤引き対決を制したのは、この年上メイドさんだったのだ。

右手で『皇都菓子店巡り』を取り出し、軽く振る。

「教授のお陰です。あの人、王都でも有数の食道楽なんですよ。匹敵するのは学校長と『王都愛猫会』の会長さんくらいですね。王都版の編纂は、僕とリディヤも大分手伝わされました。アンコさんも楽しみにされていたので」

恩師は僕達が古教会を出る際、リディヤだけでなく、ティナとステラ、カレンにも無言で詰め寄られていた。帰ったら、きっと髪が白くなっていることだろう。

リリーさんは幾度か小首を傾げ、僕の間近へ跳躍した。耳元で真剣に囁く。

――初めて会った時と同じ花の香り。

「前々から思っていたんですけど、アンコさんって、本当に猫さんなんですかぁ？」

「アンコさんはアンコさんですよ。最初は僕とリディヤも気にしていましたけど、気にしたら負けだな、と。たくさん助けてもらいましたし」

動揺を見せないよう小冊子を懐に仕舞う。普通の黒猫は本を捲れと要求しないし、転移魔法も使わないし、まして荒れ狂うリディヤを闇魔法で足止め出来たりはしない。

今は僕とリディヤの後輩、頑なに一般人を名乗る『星魔』テト・ティヘリナと行動を共にしているらしい。アンコさんが一緒なら安心だ。

王都や水都よりもよく言えば実用的な、悪く言えば装飾に乏しい街灯を横目に、紙袋を抱え直すと、通り側に回ったリリーさんが僕の右袖を引っ張った。

「あ～！　アレンさん、アレンさん、見てください」

立ち止まり、目線を向けると一際巨大な建物が建造されていた。先日の骨竜襲撃で被害を受けたのか、大きな硝子が幾枚も割れている。

「駅舎を建築しているみたいですね～」

その場でクルリとリリーさんが半回転。長い紅髪と黒いリボン、装束の袖と裾が柔らかい風をはらんだ。

両手を合わせ、年上メイドさんは上目遣い。

「覚えていますかぁ？　私達が初めて会ったのも——」

「リリーさん、こっち へ」「きゃっ」

咄嗟に僕は紙袋を浮遊魔法で浮かせ、紅髪の少女の手を引いた。

後方の通りを、乱暴な運転で馬車が駆けぬけていく。

「…………」

「大丈夫ですか？」

腕の中で固まっている、立派に夢を叶えた年上公女殿下の顔を覗き込む。

そう言えば、昔もこんな風なことがあったっけ。

リリーさんは大きな瞳を瞬かせ——にへら。

「えへへ～。南都でも同じように助けてもらったのを思い出しました♪」

「……そんなこと、ありましたっけ？」

手を離しそっぽを向く。何となく気恥ずかしい。

対してリリーさんは、ニヤニヤ顔で僕の頬を突いてきた。

「え～？　覚えてないんですかぁ？　本当にぃ？？　私は——南都の駅で、途方に暮れていた可愛い年下の男の子をはっきりと覚えているんですけどぉ？？？」

こ、この公女殿下……。はぁ、リディヤとは別方向で厄介なんだから。

——南都の駅で助けてもらったのは事実だけれど。

僕はリリーさんと出会った十三歳の暑い夏を思い出し、歩みを再開した。

＊

真夏の陽光降り注ぐ王国南都、煉瓦造りの大駅舎。

王都発の汽車を降りた人々は、ある人は出迎えの挨拶を交わし、ある人は足早に豪奢な煉瓦造りの建物を出ていく。

「…………」

そんな中、僕は観光客用に作られたらしい都市全域が描かれた大きな看板と、手持ちの地図を交互に眺め、途方に暮れていた。

住所の書かれたメモをもう一度確認し、頭を抱える。

『南都は坂と小路がすっごく多いんだよ。アレン君、夏季休暇中に来るなら、お祖父ちゃんのお店に顔を出してね？　絶対だよ！』

アマラ、僕だって約束は守りたいけどさ。

当面の目的地は休暇前にそう念押ししてきた、数少ない友人が住む南都下町なのだけれど、入り組み過ぎていて正直辿り着ける自信がない……。

上着とシャツの袖を捲り、僕は額の汗を拭った。

当たり前だけれど故郷の東都よりも暑い。まさか、南都に来ることになるなんて。

もう少しで十四歳になる少女の手紙を、ポケットから取り出し読む。


『御主人様を捨てて、東都に帰った狼族のアレンへ

このバーカ！　恩知らず!!　薄情者っ!!!

……東都へ帰省するのは一万歩譲って、構わないわよ。

でも、どうして、何で、わ・た・し、を連れて行けないわけ!?

どう考えてもおかしいでしょう？

貴方の御母様と御父様、妹さんにも挨拶したかったのに……。

東都から帰ったらすぐ南都に来なさい（旅費用の小切手は金庫に入れておいたわ）。

私が王都にいない間、妹さんの学費の足しに……とか考えて、短期仕事をするつもりなのは、バレているんだからねぇぇ。

特に腹黒王女とか、詐欺師眼鏡とか、腹黒王女の甘言に引っかからないこと！

ここまで書いて、もし南都に来なかったら……フフフ。

夏季休暇明けが楽しみね。


家の行事に心底うんざりしているリディヤより

追伸
御母様とアンナも貴方が南都に来ないのを残念がっていたわ。

』

水筒の温まった水を飲み、僕は旅行鞄に座り込む。

最近、髪を伸ばしている僕の相方である少女――今度の誕生日に『剣姫』を継ぐリディヤ・リンスターは相当お怒りらしい。

……いやだって、しょうがなかったのだ。

王立学校が夏季休暇に入る前後、王国でも貴種とされる『公女殿下』であり、『勇者』の助力があったとはいえ、王都を襲撃した黒竜を退け、手傷をも負わせたリディヤは様々な儀礼、式典が引っ切り無し。日程の擦り合わせをする僅かな隙すらなかった。

王立学校の入学試験で初めて会って以来、僕達は濃い数ヶ月を共にしてきたけれど、

『公女殿下』と『姓無し』の社会的地位差は大きい。言葉を交わすことすら不敬である、と僕に裏で脅迫してくる同期生もいるくらいだし、気後れは消せない。

けど、あの子はそれが気に食わないらしく……手紙の文面には怒りよりも本気の拗ねが感じ取れた。

だからこそ、同期生のシェリル・ウェインライト王女殿下と、ゼルベルト・レニエ男爵の誘いを断り、こうして王都発南都行き汽車の三等車に飛び乗って来たのだけれど……。

「ここまで複雑だとは思わなかったなぁ」

駅舎内の各所に設置された氷冷装置の冷気を手で扇ぎ、僕は零した。

リディヤに今から連絡する？

いやいや……事前連絡せずに飛び出してきてしまったし、何より相手は公爵家。きっと多忙な筈だ。邪魔は出来ないし、南都にいない可能性だってある。

──うん。一先ず、アマラのお祖父さんのお店へ行こう。

その後は、リディヤへの少し早い誕生日の贈り物を顔見知りのメイドさんに預けて。

「あの～」

僕の思考は突然、聞きなれぬ少女の声によって途切れた。

立ち上がって振り返ると陽光で少しの間、目が眩んだ。

白い布帽子に淡い紅のワンピース。手には使い込まれた旅行鞄。

数歩近づき、好奇心も露わに僕の顔を覗き込んできたのは、肩までの紅髪を煌めかせる、僕よりも背が高く、胸の豊かな美少女だった。

――……花の香り。

ドギマギする僕に対し、謎の美少女は上品に聞いてきた。

「もしかして、目的地にどう行けば良いか分からなくて困っていますか？」

「え、えーっと……」

言い淀み、目線を泳がせる。……悪意は感じられないし。

「はい、恥ずかしいんですけど、その通りです。南都に来るのは初めてで」

「あ、やっぱり。さっきからず～っと、看板の前で唸っていたので、そうかな？　って。坂や小路も多くて入り組んでいるんですよね、特に下町は迷路みたいで」

少女は得心した様子で何度も頷いた。リディヤに似ているけど……まさかな。

旅行鞄を地面に下ろし、両手が叩かれる。

「あ、そうだ！　行きたい場所まで私が案内しましょうか？」

「――……へっ？」

人間、本気で驚くとまともに反応なんて出来ないものらしい。

目の前で「うん、名案です♪」と自画自賛する紅髪の美少女は何を言って？

ずいっと、更に身体を寄せニコニコ顔。

「見たところ貴方は御独りみたいですし、実は私もそうなんです」

「は、はぁ」

未だ混乱中の僕は呆けた声を出した。

踊るように紅髪の美少女がその場をグルグルと歩き出す。

「南都は王国でも治安が良いことで知られていますが、か弱い美少女が一人で散策するのは……。ということで私が目的地まで案内します。その代わり今日一日、私の南都散策に付き合ってほしいんです。どうでしょうか？」

「………」

どうでしょうか？　って。そんなの。

『即断りなさい』『アレン、罠よ』『兄さん、ダメです』

脳裏のリディヤとシェリル、カレンが怖い顔で断言し、

『面白い。乗ろうぜ、アレン！』

ゼルは眼鏡を光らせた。あ、これ賭け事に負ける時の顔だな。

僕は旅行鞄を手にし、紅髪の美少女に微笑(ほほえ)んだ。

「折角の申し出なんですが、お断」「では、早速出発です☆」

正に早業だった。

美少女は自分の旅行鞄を手にするや、僕の左腕を拘束。駅舎の出口へ向けて歩き始めた。

「ひ、引っ張らないでくださいっ！　僕は一人で行きますからっ‼」

「何時までも、迷子の少年さんじゃ呼び辛(づら)いですね～。御名前は？」

抗議を無視し、美少女は楽しそうに名前を聞いてきた。

いや、これはある意味で良い機会だ。僕が獣人族だと分かれば。

「東都狼族のアレンです」

「——……ふむ～？」

小首を傾(かし)げ、美少女は拘束を解いた。

ああ、この子も——僕は数歩後退し、恐々(こわごわ)問う。

「な、何ですか、その左手の動きは？」

布帽子の下の顔に妖し気な表情を浮かべ、美少女は虚空(こくう)で手を動かしていた。

「獣耳と尻尾を、もふもふしたいな～って♪」

「ぼ、僕は養子なのでありませんよ！」

「え～。隠しているんじゃないんですかぁ。残念です」

か、変わった子だ。

でも、悪い人じゃない——と思う。変わってるけど。溜め息を吐き、問い返す。

「はぁ……貴女の名前を教えてください。どう呼んでいいか分からないので」

すると、入り口の扉が開いたのか、駅舎内に熱波が吹き込んで来た。

紅髪を靡かせ、美少女が胸に左拳を押し付ける。

「リリーです。大きな野望を胸に秘め、南都へとやって来ました。その野望とは——」

「ほら、行きますよ。鞄、僕が持ちますね」

皆まで聞かず、相手の旅行鞄を取って歩き出す。

すぐさまリリーさんも追いついて来て、隣でジト目。

「……アレンさん、何歳ですか？」

「僕は十三ですけど」

「私は十五ですっ！」

機敏に前へ回り込み、腕を組んだ。自信満々な宣告。

「つまり——お姉ちゃんです。お姉ちゃんには優しくしないとダメなんですよ？　私は弟と妹にそう英才教育をしています！」

「いえ、僕は貴方の弟ではないので」

冷たく制し、頭上の出口看板を確認する。うん、こっちで合ってるな。

年上の美少女は悔しそうに地団太を踏み、

「グヌ〜手強い、きゃっ」「おっと」

再び吹き荒れた熱波によって、白い布帽子が天井近くまで舞い上がった。

両手の旅行鞄を浮遊させ、風魔法を静謐発動。

布帽子はフワフワと揺れながら落ちてきて、僕の手に無事着地した。

大きな瞳を見開いていたリリーさんへ手渡す。

「はい、どうぞ」

「あ、ありがとうございます……」

白い布帽子を目深に被り、美少女は僕へ一旦背を向け「……今の魔法式……やっぱり」幾度か深呼吸をした。はて？

少し不思議に思っていると、リリーさんは振り返り笑顔で手を伸ばしてきた。

「では今日一日ですが付き添いをお願いします。迷子のアレンさん♪」

変わった様子は見受けられない。……気のせいか。

美少女の手を取る。

「……迷子じゃないですけど、よろしくお願いします、リリーさん」

＊

「へぇ〜それで、見ず知らずの年上美少女に連れ回されていたんだぁ。私は『すわっ！　浮気かぁ!?』と思ったよ〜。リディヤ公女殿下に知られたら事だね、アレン君★」

「……アマラ、冗談でも止めてください。僕が幾つの坂と小路を迷い、露店で買い物をしてこのお店に辿り着いたと？　結局、僕が魔法生物の小鳥で見つけたんですよ？？」

「くしし♪」

支払い台で頬杖をつき、淡い茶黒髪でドワーフの長身少女——アマラ・ファウベルは癖のある笑いを発した。動き易さを重視したのか、白シャツと半ズボン姿だ。

分家の分家らしいけど、王国西方のドワーフ家惣領である『ファウベル』の姓を持つのに、獣人族の養子である僕とも話してくれる数少ない王立学校の同期生であり、面白いことが何より大好き、という悪癖も持っている。

南都東部に広がる下町、その中でも最も入り組んだ場所にあった『リガ宝飾店』は昼間だというのに閑散としていた。台上や壁に飾られている品は素晴らしいけど……立地が悪いのかもしれない。

後方で興味深そうに指輪やネックレス、イヤリングを眺めているリリーさんを肩越しに見やり、僕は肩を竦めた。

「リディヤにはまだ、南都へ来たことを伝えていないんです。忙しいでしょうし」

「公女殿下は君を最優先にすると思うけどなぁ。あ、他の女の子と南都散策をしている時点で『火焔鳥』の刑は免れないか！」

てきぱきと、リディヤの誕生日用に購入した宝石を小箱へ丁寧に収め、同期生は容易に想像可能な未来を口にした。僕は瞑目し、お願いする。

「……僕が来たことは絶対に内緒でお願いします」

「大丈夫だよ～。リンスター公爵家の御令嬢が、南都下町の、小さな小さな宝飾店にやって来たりしないから。……来られても、ねぇ？」

アマラは先程よりも緊張した様子で、小さな布袋に白花の髪飾りを入れた。彼女が自分で作った習作だそうだ。小箱を旅行鞄に仕舞い一応擁護しておく。

「悪い子じゃないんですよ？　……口より先に剣と魔法が出るだけで」

ドワーフの少女は曖昧な表情を浮かべ「アハハ……」と乾いた笑いを零し、目の前にメモ紙を差し出してきた。

「はい、今晩の宿候補。ついでに南都のお薦め観光場所もね。私の習作だけでなく、うちの宝石を買ってくれる大事な大事なお客様には優しくしちゃう」

「ありがとう、助かります」

ドワーフの少女から布袋と二枚のメモ紙を受け取り、懐へ。

壁に掛けられた立派な時計を確認。夕方前には宿を決めておきたいな。

「でもさ、公女殿下に会えなかったらどうするの？　お祖父ちゃんの宝石は無駄にしてほしくないなぁ。それ一つ一つに少しずつだけど魔力が籠っている特注品なんだよ～」

「明日にでも訪ねてみます。会えなかったら、顔見知りのメイドさんに託しますよ」

「そっか。今から公爵家の御屋敷に行ったら、夜になっちゃうもんね。……まぁ、絶対に託すだけじゃ済まないだろうけど」

奥から宝石を削る音。アマラの声が掻き消される。

僕は静音魔法を部分発動させ、紅髪の年上美少女へ謝った。

「リリーさん、お待たせしました」

「いえいえ。此処に来るまでの露店やこういうお店自体入るのは初めてなので、と～っても楽しいです♪」

花が満開になったかのような笑み。

薄々勘付いていたけれど、この美少女は店で買い物をしたことがない程の御嬢様なようだ。数ヶ月前のリディヤも、カフェでタルトの注文方法が分からなかったっけ。

でも……幾ら紅髪がリンスター公爵家に列なる方々の特徴だとしても、南都の駅で、しかも一人でいる訳もないし。旅行鞄を手に同期生へ御礼を告げる。

「アマラ、助かりました。また学校で」

「うん！　公女殿下への言い訳、頑張ってね～。――あ、ちょっと待って」

茶黒髪の少女は席を立ち、店の奥に繋がる廊下へ叫んだ。

「お祖父ちゃん、アレン君帰るって～。顔くらい見せてよ～」

「……五月蠅いぞ、アマラ。聞こえておるわ」

ぬっと姿を現したのは、白髪白髭で四肢の筋肉が発達した老ドワーフ。宝飾職人とは思えない眼光で僕をギロリ。

「リガ・ファウベルだ。孫が王都で世話になっているようだな？」

「ア、アレンです。アマラさんには助けてもらっています」

老ドワーフは太い右手で白髭をしごき、リリーさんへ目線を移した。

動きが岩石の如く停止。

「その紅髪と魔力。とても良い物を見させていただきました」

「リリーです。よもや……」

「そ、そうか」

リガさんがリリーさんに気圧されている？

僕とアマラが呆気に取られていると、年上美少女は丁寧にお辞儀した。

「今度は母と妹も連れて来ようと思います。その時はよろしくお願いしますね？　リガ・ファウベル様」

迷路のような下町を通り抜け、アマラのメモを頼りに長く古い坂を上りきる。

樹木のアーチを越え、広がっていたのは——。

「「わぁ～」」

僕とリリーさんは、通り近くの高台上で同時に感嘆を漏らした。

眼下には南都の絶景。

多くの坂と無数の路地。色彩豊かな屋根と白石を輝かせる大通り。段々畑のように連なる建物と、僕達がさっきまでいた下町も見える。

「確かに、これは坂を上って来た価値があります」

「ですね」

リリーさんは僕の意見に同意を示し、美しい紅髪に触れた。

南都の絶景を背後に繁る樹木の下に佇む美少女――……絵になるな。

すると、僕の視線に気づき、木柵に座ってリリーさんがニヤニヤ。

「あれぇ？　もしかして今、私に見惚れていたんですかぁ？」

き、気づかれたか。不覚……。

僕は魔法で周囲の温度をそれとなく下げ、否定する。

「いいえ。そんなことはありません」

「む～。そこは頰を赤らめて、年下男の子の可愛さを押し出す場面です！　小説にもちゃんと書いてあったのに……アレンさん、女の子にモテませんよ？」

ひ、酷い！　あんまりだ。

僕は心に傷を負い、アマラのメモを広げた。今晩の宿は早めに決めておかないと。

「……リリーさん、僕をそんなに虐めて楽しいんですか？」

「私の人生が潤います」

「り、理不尽の極みっ」

まるで、リディヤみたいだ。

僕が憮然としていると、布帽子を被った紅髪の美少女はクルクルと踊るように回転、通りへと出て、両手を後ろ手に組んだ。

「ふふふ～♪　――へっ？」「リリーさん！」

坂上から車が猛然と下りてきた。

即座の判断で年上少女の手を引っ張り、背中を向ける。

車は停止せず、そのまま坂を下っていく。ら、乱暴な運転だなぁ。

腕の中の年上美少女に話しかける。

「大丈夫でしたか？」「は、はい……あ、ありがとう、ございました」

驚いたのだろう。リリーさんは幾度も頷き、僕からゆっくりと離れた。

僕は魔法衣とズボンの埃を手ではたき、木柵に身体を預ける。

「こんな坂の上でも車が上って来ているんですね。びっくりしました」

「……………」

ずっと快活だったリリーさんの返事はない。

もじもじと布帽子を外すと、意を決したかのように口を開いた。

「アレンさん、実は……ですね。わ、私、南都に来たの今日が初めてで………」

「ああ、知ってますよ」

「⁉　な、なんで……」

リリーさんが目を丸くする。心外な反応だ。

「いや、だってそうでしょう？　『リガ宝飾店』に辿り着くまで、どれだけの回り道をしたと？　あれじゃ、南都に詳しいとは誰も思いませんよ」

「うぅ〜。ご、ごめんなさい……」

年上美少女はしゅんとし、顔を伏せた。本気で反省しているようだ。

見渡すと、木陰にベンチが設置されていたので二人して腰かける。

露店で買っておいた簡易水筒の果実水を飲ませると、落ち着いたのか、リリーさんはぽつぽつと話し始めた。

「……私、家出してきたんです」

「家出ですか？」

リリーさんは力なく頷き、膝上で両手を握りしめる。

「父が、私の夢を『世迷言だ』って。説得したんですけど……」

子供の将来を親が定める。うん、ありがちな話だ。

リリーさんの家が大貴族か相当な資産を持つ家なら猶更。

領地も家臣も持たない男爵というゼルが異例な存在なだけだし。

簡易水筒と布帽子を脇に置き、年上の美少女は徐に立ち上がった。

「私……私………」

僕と視線を真っすぐ合わせ、胸に左手を押し付け、

「ほ、本当は、メイドさんになりたいんですっ！！！！」

大きな声で叫んだ。灼熱の風が紅髪を揺らめかす。

けれどリリーさんは構わず、辛そうに告白を続ける。

「幼い頃から、本家のメイド長にずっとずっと憧れていて……。御母様とメイド長だけが、メイドになるのを応援してくれたんです。だから、立派なメイドさんになって、絶対、恩返しをしなきゃっ！　って思っています。そしたら、父が私の婚約者選びを始めてしまって………」

「で、家出をしてきた、と」

「——……はい」

再びしゅんとし、年上の美少女は項垂れた。なるほどなぁ。

布帽子を手にし、僕も立ち上がる。

「リリーさんのお家の事情は分かりません」

少女は、ビクリ、と身体を震わせた。

傍に近づき布帽子を被せて、私見を述べる。

「けど——諦めるのは全力を尽くした後でも良いと思います。人間、行動すればどうにかなることも多いですよ？　僕だって王立学校に入れましたし」

「……それはアレンさんが凄いからです」

思いも寄らない方向からの反論だ。

紅髪を手で押さえ、年上の美少女は背を向ける。

「駅で貴方の魔法式を見ました。……凄く、凄く、凄く綺麗でした。あんなの見たことありません。けど、私は路も案内出来ないし、露店でどうやって氷菓子を買うのかも分からないし、お店も知らないし、カフェで紅茶すら注げません……」

これは思ったよりも深刻だな。

う～ん。本当は別れる時に渡そうと思っていたんだけど。

「リリーさん、手を」

「……なんですか？」

落ち込んだ少女は、怪訝そうにしながらも振り返り手を差し出してくれた。

僕は懐から小さなリボン付きの布袋を取り出し、静かに置く。

リリーさんは驚き、目で『開けても？』と尋ねてきたので頷く。

恐る恐るリボンを解き中の物を取り出すと、更に瞳を大きくした。


「髪飾り？」


布袋から出てきたのは、白い花を象った幾つかの宝飾品。

僕は浮遊魔法で旅行鞄を移動させ、説明する。

「アマラの習作だそうです。『これも縁だから！』と押し付けられてしまって。良ければ今日の御礼に貰ってください」

「そ、そんな！　わ、私は迷惑をかけただけで……」

慌てたリリーさんが返してこようとするのを、手で制する。

「僕は楽しかったですよ。冒険みたいで。リリーさんはそうじゃなかったんですか？」

「そ、それは……」

少女が言い淀み、躊躇う。

夏の陽光が降り注ぐ南都を横目で眺めていると、リリーさんが背筋を伸ばした。

「――……楽しかったです」

「良かった」

魔法生物の小鳥を生み出し、空へ放つ。目標はリンスター公爵家の屋敷だ。リディヤを見つけられなくても、誰かしら顔見知りのメイドさんは見つけられるだろう。

小鳥を見て「綺麗……」と祈るように両手を合わせた、リリーさんへ微笑む。

「僕がアマラと出会った頃、彼女は魔力を精密に使えないことに悩んでいて、その髪飾りみたいに小さくは加工出来ませんでした。でも――毎日毎日頑張って、少しずつ上手くなっていったんです。リリーさんだって、今は出来なくても、少しずつメイドさんの仕事を覚えていけば大丈夫です。きっと！」

手の花飾りに目を落とし、紅髪の年上美少女はポツリ。

「……私、メイドさんになってもいいんでしょうか？」

「夢を捨てることで、貴女の心が死んでしまうのなら」

僕は知っている。

公爵家に生まれながら殆どの魔法を使えず、心の内では一人泣き続けていた少女を。

そんな風になるのなら――僕はリリーさんへ提案する。

「もう一度、御両親と話をしてみては？　信頼出来る大人にも相談してみましょう」

「信頼出来る大人、ですか？」

「ええ。頼ることは負けじゃありませんから。……僕も苦手なんですけどね」

小さく舌を出す。

自分の想いと考えを纏めるかのように、年上少女は布袋と解いたリボンを、壊れ物のように旅行鞄へ仕舞った。細い手が差し出される。

「アレンさん、髪飾りを着けてもらえますか？」

「……女の子の髪に触れるのは」「許可します」

断ろうとするも、即座に逃げ道を塞がれてしまった。は、早い。

何とか他の理由を考えるも「前髪がいいですね♪」……ええい、ままよ。

布帽子を外し、僕はリリーさんの髪に花飾りをそっと着けた。

見惚れてしまう笑み。

「えへへ♪　宝物にしますね？　もし——私がメイドさんになれたら」

「アレン」

「！」

後方から感情のない少女の声に名前を呼ばれた瞬間、僕は総毛だった。

ふ、振り返りたくないっ。けど、振り返らないと後がもっと怖い。

竦む足を叱咤し、振り返り——悲鳴をあげる。

「リ、リディヤっ⁉　ど、ど、どうして……」

美しく微笑み、木柵の上に立っていたのはリリーさんと同じ紅髪の美少女。

紅のドレスを身に纏い、腰には剣を提げている。

——リンスター公爵家長女にして、次期『剣姫』のリディヤだ。

剣の柄に手をかけ、少女が目を細めてゆく。

「南都の駅と下町であんたが目撃された、と報告が上がったのよ。で、わざわざ御祖母様達とのお茶会を抜け出して来てみれば——……ウフ」

怒りに呼応し荒れ狂う炎羽が舞い、一気に集束。

炎属性極致魔法『火焔鳥』が顕現した。

剣を抜き放ちリディヤが、宣告してくる。

「浮気者には死を！　斬って、燃やして、斬って——また、斬るわ。途中で暴走していた侯国連合密偵の車みたいに、ね？」

「ま、待ったっ！　り、理由があるんだよ‼　第一こんな所で暴れたりしたら──」

「問・答・無・用」

前傾姿勢を取った怒れる少女は僕へ突進を開始し──

「あ、リディヤちゃん。久しぶり」

字義通り急停止した。踏み出した一歩目の時点で石畳には大きな亀裂。怖い。

僕の陰から顔を覗かせた、紅髪の年上少女を見やり、リディヤが困惑する。

「……リリー？　あ、貴女が、何でこいつと……」

「二人で南都を大冒険してたの。楽しかったぁ♪」

「…………そう」

屈託のまるでない回答に相方は怒りの矛先を喪い、僕へジト目。

「…………ねぇ」

「ハハ、アハハ」

乾いた笑いで応じ、僕は左手を握りしめ『火焰鳥』を消失させた。

ムスッとしたまま剣を鞘へ納めたリディヤへ、僕は目で尋ねる。

『どういう関係なのさ？』

『……従姉よ』

つまり、王国の南端を守る副公爵家の御令嬢と。

なんとまぁ……本当に『公女殿下』だったとは。南都で偶々(たまたま)会っただけなのに。

半ば呆(あき)れていると、リディヤに左腕を拘束された。ほ、骨が軋(きし)んでっ。

僕が痛みに苦しむ中、リリーさんに日傘がかけられる。

「リリー御嬢様(おじょうさま)、御捜ししました」

魔力も音も気配すら一切なく現れたのは、黒髪褐色肌の眼鏡メイドさん。

リンスター公爵家メイド隊第四席のロミーさんだ。

「御苦労様、ロミー。あのね……後で相談にのってほしいことがあるんだけど」

「お聞き致します」

間髪を容(い)れずにロミーさんは答え、旅行鞄を手にし僕へ目礼。すぐさま返礼する。後で、今日の話を伝えてあげないと。

すると、リリーさんも日傘の下で丁寧に頭を下げてきた。

「アレンさん、今日はありがとうございました。とても楽しかったです」

リディヤの圧を真横から感じつつ、僕は頭を深々と下げる。

「知らなかったとはいえ、公女殿下に御無礼を――」「はい、ダメです～」

流麗と評して良い身体強化魔法で、紅髪の年上美少女は僕との距離を詰めてきた。

あれ？　今のって、一部に僕の魔法式が使われていたような……。

疑問の解を得る前に花の香りがし、耳元で囁かれる。

「(私――リリー・リンスターはメイドさんに、いいえ。リンスター公爵家のメイド長になってみせます。それが私の夢です。貴方だけは忘れないでくださいね？　約束です)」

「リ、リリー！　離れなさいっ‼」「は～い」

素直に僕から離れたお騒がせ公女殿下はロミーさんと共に、坂を下って行った。きっと、先に馬車が待機しているのだろう。

……リディヤやシェリルとは違った意味で、凄い子だったな。

左腕の拘束をますます強めつつ、紅髪の少女が頬を子供のように膨らませた。

「う～！　もうっ‼　本当に、あんたはもうっ！！！！」

「痛い、痛いって！　噛むなよっ‼」

僕の情けない悲鳴は、南都の空に消えていった。

＊

懐かしき夏の出会いに想いを馳せ終え、古教会の荘厳な廊下を進む。みんなへのお土産を買い過ぎてしまって紙袋が重い。

……あの後も大変だったんだよなぁ。

拒否権なく、リンスター公爵家の屋敷に強制連行されて、リサさんから『今後は必ず事前連絡するように』とお説教を受け、翌日以降はずっとリディヤと一緒に行動。リィネと初めて会ったのもこの時だったな。

で――ドレス姿のリリーさんと再会。流れで魔法を教えることになった挙句、リディヤが拗ねに拗ねて。

考えてみると、僕はずっとこの年上メイドさんに翻弄されているような？

「何ですかぁ、アレンさん？　私の顔に何かついていますかぁ？？　そ・れ・と・も」

紙袋を抱え、意気揚々と歩くリリーさんが数歩弾むように前へと出た。

前髪の花飾りは、あの夏の日と同じように輝いている。

浮遊魔法で紙袋を浮かべ、あざとく左手の人差し指を顎につけ大変楽し気。

「お姉さんメイドの魅力にようやく気がつきましたか？」

「いいえ、ちっとも」

「アレンさんのいけず〜。メイド服好き、という情報は既に出回っているんですよ？」

これだから、リンスター公爵家のメイドさん達はっ！

僕は真面目な顔で反撃する。

「否定はしませんが、リリーさんはメイド服じゃないですし？」

「かふっ！」

正式なメイド服を貰えていない公女殿下の身体がよろめき、膝が震えた。

矢を重ねた紋様の異国装束に手をやり、動揺しつつ抗弁してくる。

「そ、そ、そんなことありません。これは、大陸東方の国ではれっきとした——」

「ここは大陸西方です。現実逃避は止めましょう」

「う〜う〜う〜！」

子供のように唸り、リリーさんが両手をぶんぶんと振り回すと、左手の腕輪が紅色に染まった。両手を組み、そっぽを向く。

「……アレンさんの意地悪！　虐めっこ家庭教師！　女の子の心を弄ぶ年下の男の子なんて、流行ってないんですぅっ！」

「はい、は一回ですぅ。……もうっ。私の御主人様は酷い人です。少しは優しくしてくれても」

ブツブツと呟き、リリーさんは憤然と歩き始めた。

……浮かべた紙袋のことを忘れて？　相変わらず時々抜けるメイドさんだなぁ。

僕は苦笑し、揺れる長い紅髪を見つめた。

キッチンと隣接した居住空間に帰って来ると、大きな白いもふもふな物体――蒼翠グリフォンのルーチェが目に飛び込んできた。

内庭への出入り口近くに敷かれた絨毯上で、お昼寝中のようだ。

「せんせぃ、ダメですぅ」『――♪』

そして、そんなルーチェを枕に、昨晩から微かに発光し続けている剣を抱え、ティナ、アトラ、リア、レナが並んで健やかに眠っている。他のみんなはいない。内庭かな？

――確認をする前に。

「リリーさん」「はい～♪」

年上メイドさんはすぐさま映像宝珠を取り出し、撮影を開始した。話が早い。

紙袋をテーブルへ下ろしていると、内庭から眼鏡をかけた男性が部屋へ戻って来た。

「やぁ、アレン、リリー嬢。御帰り」

「教授、他のみんなは？」

氷冷庫を開け、チーズその他の生鮮品を収めていく。当面の物資は潤沢だ。

リリーさんは「今年の『メイド映像大賞』、貰ったかもしれませんね～。ククク～♪」

と悪人ぶっている。似合わないなぁ。

お疲れの様子の教授はソファーに腰かけ、両手を広げた。

「外だよ。君達が出かけた後にやって来られたイグナ・アルヴァーン殿が、ステラ嬢、カレン嬢、そして――リディヤとの模擬戦を強く所望されてね。本気で結界を張ったよ」

「……なるほど」

「アレンさんにいきなり喧嘩を売ってきた方ですよね～？　私も参加したいです★」

撮影を終えたリリーさんが転移し、僕の両肩に手を置いた。短距離戦術転移魔法『黒猫遊歩』はもう完全に会得したようだ。後で連続転移を可能にした改良型を渡さないと。

意気込む年上メイドさんに対し、教授は何とも言えぬ顔になった。

「ん～……リリー嬢の出番はないんじゃないかな。アレンは分かると思うけど。ティナ嬢達は見ておくから行っておいで」

「はぁ」「了解です～」

リリーさんに背中を押され、僕達は出入り口から外へ。

幾重にも張り巡らされた教授の結界内では、雷を纏ったイグナとカレンが、目にも留まらぬ速さで剣と雷槍を斬り結んでいた。後方では、片手剣と魔杖を手にステラも介入の機を窺っている。審判役はオーレリア様のようだ。

持ち込まれた長椅子では、私服のリディヤとアリスが無言で勝負を見守り、地面には、所々に雷魔法で空けられたと思しき穴と氷塊。

ただし、中央部は無傷だ。

魔力の残滓からして、イグナの雷魔法を二人が真正面から防いでみせたのだろう。

この分なら——一瞬だけ、カレンと僕の視線が交差した。

妹が雷を猛らせ、猛烈な紫電が結界内に走った。十字雷槍も極大化していく。

射程外だと油断していたのだろう、反応がほんの少しだけ遅れたイグナの剣は切断され、剣身が天高く弾き飛ばされ、宙を舞った。

「くっ！」

それでも交戦を継続しようと短剣の柄に手をやるも、「なっ⁉」凍結し抜けない。

ステラの氷魔法だ。

「そこまで。カレン殿、ステラ殿の勝ちです」

オーレリア様の白い左手が上がり、剣身は地面に突き刺さって凍り付いた。

花付軍帽脇から覗く妹の獣耳と尻尾が誇らしそうに大きく揺れ、服装を整えた公女殿下も嬉しそうだ。

反対に、切断された剣を握りしめたままイグナは立ち竦む。

「ば、馬鹿な……わ、私が…………『勇者』を継ぐイグナ・アルヴァーンが、負けた？」

態度に思うことは多々あるけれど、同情を禁じ得ない。

実戦経験の乏しさが垣間見えるイグナに対し、カレンとステラは激戦を潜り、確実に成長しているのだ。

ソファーに座ったまま、アリスが口を開いた。

「イグナ」

「！　は、はっ」

傷心の少年は折れた剣を鞘へ納め、片膝をつく。

「一から鍛錬をやり直して。紫がぅがぅと狼聖女に勝てないのなら」

ビクッ、とイグナは怒りで肩を震わせた。魔力が漏れ、バチバチ、と電光が音を立てるも、アリスが人差し指を上げただけで全てが消失。技量は懸絶している。

公理を説くかのように、アリスは少年へ非情な現実を突きつけた。

「私のアレンと紅い弱虫毛虫には到底敵わない。当然――『勇者』も継げない」

声色の冷たさに、僕達も口を挟めない。

――『勇者』とは、大魔法『天雷』を自在に操り、神代から受け継がれてきた剣を振るいし世界の守護者。

生半可な実力でその座に就くことは出来ない。

「っっっ！　…………失礼、致します」

イグナは歯を食い縛り、顔を伏せたまま転移魔法の呪符を掲げ、消えた。

……大丈夫だろうか。

リディヤが空気を変えるかのように言い放つ。

「『私の』だけどね。事実を歪曲するのは止めなさいよ、チビ勇者」

「戯言は聞くに堪えない」「兄は妹の物です」「わ、私の魔法使いさんですよ？」

結界内で少女達の魔力がぶつかり合い、大気を軋ませた。

アリスが僕へ視線を向け要求。

「アレン、チーズケーキ！」

「今から、みんなで作るよ」

「――ん♪」

回答に満足したのか、白金髪の少女は目を閉じた。

オーレリア様がアリスを壊れ物のように抱きかかえ、僕へと謝意を示す。

「当代はまた少し眠るようです。アレン殿のパンとスープ、喜んでおりました」

「良かった。いる間は作るつもりです」

「お願いします」

先代勇者様は少女の頭を優しく撫で、古教会へ入っていった。

あれだけ寝たのに、また眠るのか？　もしかして、アリスの体調は……。

元気よく手を叩く音。

「よーし、世界で一番美味しいチーズケーキを作りますよぉぉ～！　メイドさんの私にお任せですぅ～♪」

「リリーさん、私も手伝います」

年上メイドさんの言葉にすぐさまステラも反応し、歩き始める。気を遣ってくれたのだろう。……ただ、あの二人だけだと、ほんの少し不安だな。

傍に寄って来た相方の名前を呼ぶ。

「リディヤ」

「任せておきなさい。あんたのレシピは全部把握しているわ。――後で、埋め合わせしないと燃やすからね？」

「分かっているよ」

「なら、いいわ」

しっかりと言質を取り、リディヤもリリーさん達の後を追った。出会った当初は、お菓子作りなんて全く出来なかったけれど、今では下手な菓子店以上の腕前なのだ。

雷龍の短剣を鞘へ納め、妹が僕に抱き着いてきた。

「兄さん、お帰りなさい」

「ただいま、カレン。イグナ殿に勝つなんて、僕の妹は凄いね！」

本心から賞賛し、花付軍帽をぽん。

イグナ・アルヴァーンは弱くない。けれど、カレン達は物ともしなかった。

大学校に入ったら、追い抜かれそうだな。

そんな僕に対し、妹はやや不安気に目を伏せた。

「いえ、そんな。ステラも一緒でしたし。あの……アリスさんのことなんですが」

「うん、分かっているよ」

妹の肩を抱き、瞑目する。

……アリスは何かしらの不調を抱えている。短時間しか戦闘出来ない深刻な。

だからこそ、僕を工都から呼び寄せた。

目を開け、どんよりと曇ってきた天を見つめ、カレンの肩に手を回す。

「さ、中に入ろう。少し冷えてきたからね」

*

皇宮地下の魔牢へと続く不可視の螺旋階段は血と濃い死臭――何より、光を拒絶する漆黒に支配されていた。手元の魔力灯は儚げで、不安定だ。

それでも――恐怖心を無理矢理抑え込み、一段一段下りていく。

ここまで来てしまったのだ。今更、引き返せなどしない。

かつて、オーレリア様と『勇者』の座を最後まで争った、亡き母の言葉を思い出す。

『イグナ、貴方は勇者に、アルヴァーン大公にならなければなりません。私が知る全てを貴方に託します。……光も闇も』

聞いていた通り、この場所には今世ではなく、神代の魔法が生きているようだ。どういう原理の代物なのかは理解出来ず、時間の感覚も喪われていく。
強大極まるあの『黒花』を拘束する為にはうってつけの場所というわけか。
無意識に剣の柄を握りしめる。
……昼間の模擬戦は屈辱的だった。
大陸西方に武名を轟かせる『剣姫』相手ならいざ知らず、次期勇者候補たるこの私が、
よもや雷狼とハワード公女に後れを取るとはっ。
『勇者は継げない』
当代の言葉が残響し、耳にこびり付いて離れない。
アルヴァーン一族において『勇者』の言葉は絶対だ。血の滲むような努力を積み重ね、
ようやく手にした今の地位も砂上の楼閣となった。
……受け入れられぬ。受け入れられるものかっ！
私は『勇者』にならなくてはならないのだ。
亡き母の無念を晴らす為に。私の人生が無駄ではなかった、と証明する為にっ。
だからこそ、本来は秘され、堅く閉ざされている魔牢への秘密階段を今私は一人こうし
て下りている。
――もうすぐ死ぬだろう『黒花』へ取引を持ち掛け、その秘呪を得る為に。

「…………底、か」

永遠とも思えた不可視の螺旋階段が遂に終わりを迎えた。

足裏から伝わってくる石畳の感触と石壁にかけられた魔力灯に、心底ホッとする。

監視の兵はおらず、探知魔法も設置されていない。

生前の母が言っていたように、人が長く留まれる場所ではない為だろう。

手の魔力灯を強め掲げると、全容が朧気に見えてきた。

巨人族どころか、竜ですら容易に入れるであろう巨大な金属製の牢が一つ。

内乱時代には数多の者がこの場所へ幽閉、最期を迎えたとされ、石壁に呪いがこびりついているかのような錯覚すら覚える。

「…………」

私は何時でも剣を抜けるよう準備し牢へと近づき、中へ魔力灯を翳す。

――『黒花』イオ・ロックフィールドは、見るも憐れな様子だった。

古教会であれ程暴威を振るった半妖精族の大魔法士にして聖霊教の使徒は、『花天』シセ・グレンビシーの茨によって中空でボロボロの四肢を拘束され、背の黒羽も半ばから切断されたまま。床に広がった血の量からして遠からず死ぬだろう。

この様子では会話もままならなそうだ。……無駄骨だったか。

私は落胆して踵を返そうとし、

「……アルヴァーンの小僧。確か名は――イグナ、といったか」

突如、イオの口が動いた。

名を覚えられていたことに硬直していると――吹雪のように冷たく、狂気を秘めた双眸が私を捉え、欲する言葉を途切れがちに囁く。

「貴様、力が、欲しくないか？　圧倒的な力――そう、次期『勇者』に、なれる程の力だ。古教会で……貴様も痛感した、だろう？　加勢すら出来ぬ自身の弱さに」

「…………っ」

唇を噛み締めると、血の味が口に広がった。

やはり間違いだ。このような侮蔑を受けてまですることでは――イオが続ける。

「貴様が望み、さえすれば、私はそれを与え、てやろう。全てをだ。どうせ、このままいけば、遠から、ず死ぬ身だからな」

「……馬鹿なことを」

吐き捨て、私は目を背けた。

全てを見透かされているかのような感覚を断ち切るように。

すると、口の中の血を吐きすて、イオはくぐもった嘲笑を漏らした。

「ではとっとと去れ。去って、自身の無才に懊悩するがいい。……ふんっ。貴様程度が『アルヴァーン』ならば、あの『欠陥品の鍵』――狼族のアレンでも名乗れそうだな」

「……何だと？」

聞き捨てならない。私があの男に……当代が殊の外、目にかけ、不遜にも『星継ぎし天槍』を創り出した英雄の名を持つ『姓無し』に劣る、と？

イオにだけ聞こえるよう風魔法を発動。闇の中に怒号を叩きつける。

『私はあの男にっ、『剣姫の頭脳』に劣ってなどいないっ！　断じて、いないっ‼』

そうだ。私は劣ってなどいない。雷狼とハワード公女に後れを取ったのは、本気を出していなかったからだ。

次期『勇者』イグナ・アルヴァーンに敗北はないっ。

今度こそ私は魔牢から離れ、螺旋階段へと歩を進め――

「っ！」

寒気を覚え、振り返った。

な、何だ、この得体の知れない魔力……大魔法、いや未知の大精霊の力か？　『花天』の拘束に勝る程の？？

立ち竦む私をイオが哄笑した。

「ククク……古教会での戦いで確信したぞ。『勇者』の命はもう長くない。ならばこそ、貴様は力を求め、此処へ再びやって来る。絶対にだっ」

「…………」

答えず私は歩を早めた。何を馬鹿なことをっ。

しかも――『勇者の命は長くない』などと。戯言だ。

魔牢の中から、イオの呪詛が聞こえてくる。

「……私は死なぬっ。幼き私を排斥した西方長命種の連中を一木一草、最後の一人まで滅し、臆病にも逃げたアスターとアリシアも殺し……再び妹弟子と、ローザと会うまでは……絶対に死なぬ……」

戦慄を覚えつつ、私は再び螺旋階段へと足を踏み入れた。

二度と此処に来ることはない、と強く確信して。

イオの哄笑と呪詛は最後の最後まで途切れず、耳に残響していた。

第3章

「エマさん、この書類、リンスター、ハワード両公爵家にも写しを届けておいてください。私の一存では進められません。準備はしておきます」

「畏まりました、フェリシア御嬢様」

「サリーさん、東都のワルター・ハワード公爵殿下へ急ぎ書簡を届けてもらいたいんですが……可能ですか？」

「万事、御任せくださいませ。フェリシア御嬢様の仰せのままに」

扉が閉まり、ハワード、リンスター両公爵家合同商会——通称『アレン商会』に私が加わって以来、ずっと助けてもらっている二人のメイドさんは部屋を出て行った。

「……ふぅ」

椅子の背もたれに身体を預け、窓の外を見つめる。

王都もすっかり冬めいてきた。大通りを歩く人々もコート姿が多い。

商会の建物は当然のように暖房完備なので寒さは感じないけれど、私も今日の服装は親友達――ステラとカレンに選んでもらった白のセーターに長いスカートだ。

エマさん達には褒められたけれど、胸が強調されて少しだけ恥ずかしい。

でも、アレンさんが帰って来た時、いきなり着る勇気もないし……。

つらつらと未来のことを考えていると、丁寧なノック。

「どうぞ」

「失礼します」

扉が開き、白いリボンでブロンド髪を二つ結びにしたティナ・ハワード公女殿下付のメイドさん――エリー・ウォーカーさんが厳めしい魔法書を持ってやって来た。

きっと、アレンさんに頼まれた封印書庫の解呪方法についての文献だろう。王立学校の休校期間も二週間程延長され、毎日試行錯誤を繰り返している、と昨晩教えてくれた。

ここ最近はリンスターの御屋敷で一緒に寝起きしている、年下メイドさんが笑顔で隣の椅子に腰かける。

「フェリシアさん、お疲れ様です。お身体は大丈夫ですか？　無理されていませんか？」

「エリーさん、大丈夫です。ちゃんと寝ていますし、食べてもいるので」

一対一で話すことは今まで余りなかったけれど、エリーさんはとても優しい子だ。

他者の様子に敏感で気配りを忘れず、頑張り屋さん。

アレンさん曰く――『天使』。

なお、ステラやカレンは結構疑っている。私も……ほんのちょっとだけ。

頭のホワイトプリムを揺らし、エリーさんは可愛らしく小首を傾げ、

「えっと……ちょっと失礼します」

「ひゃっ。エ、エリーさん？」

自分と私の額を合わせてきた。ステラやカレン達以外とこういうことはしてきていないので、私はみっともなく狼狽してしまう。

も、もしかして、これもアレンさんに教わったの⁉

そんな年上なのに情けない私へ、エリーさんは両手を合わせ通告してきた。

「少し熱いですね。午後のお仕事は早めに切り上げてもらうよう、エマさんとサリー姉様に伝えておきます」

「ま、まだ仕事が残っているんですけど……」

立派な執務机上の書類の山をちらり。

会頭のアレンさんが不在なので、番頭の私が目を通さないと業務が滞ってしまう。

エリーさんが人差し指を立てた。

「ダメです！　王都を出発される際、カレン先生にも**『フェリシアは兄さんと同じで、自分を顧みずに無理無茶をする子よ。そういう時は容赦なく止めていいから』**って、お願いされているので。急ぎの書類は今のところない、とも商会の皆さんに聞いています」

「……う～」

親しくしてもう一つ分かったことがある。

エリーさん、とっても優秀。

ハワード公爵家を支え続けている『ウォーカー』家の跡取り娘、の名に恥じない。

……アレンさんがいる時はよく転ぶし、あわあわしている印象だったのだけれど。こっちの姿の方が素なんじゃ？

私は腕を組み、どもりつつ反論する。

「エ、エリーさんだって、封印書庫の件で忙しいんじゃ？　私は……魔法のことはあんまり分からないですけど」

「**『一つ一つ丁寧に。ゆっくり急いでおくれ』**とアレン先生が。今はゾイさんや教授の研究室に所属されている方と協力して、解呪の方向を探っています。チセ様も妹さんが書かれたという、とても貴重な魔法書をわざわざ西都から送って下さいました」

椅子に腰かけ、エリーさんは魔法書を開いた。

濃い緑色の表紙に書かれた題は──『花天魔法指南書』。

月神教を追う人物に『花天』という半妖精族の大魔法士がいた、とアレンさんは教えてくれた。ステラやティナさんの亡くなった御母様の師だとも。

王都でその名前を見るなんて。人の縁はとても不思議だ。

でも……あの会頭様のこと。

工都からの手紙には書かれていなかったけれど、もしかしたら、『花天』本人とももう会っているかもしれない。アレンさんはまるで神様に祝福されているかのように、その時、その時、必要な人達と遭遇していく人なのだ。

ま、まぁ、私もその一人だったのかもしれないけど……。

それはそうとして、私は気になった名前について恐々尋ねる。

「ゾイさんって、あの背の高くて、怖いくらいに美人なエルフ族の女の子ですよね？　凄く目つきの鋭い……。だ、大丈夫なんですか？？」

「とても優しい方ですよ。アレン先生を凄く尊敬されているみたいで、作業しながらたくさんお話を聞かせてもらっています♪」

「そ、そうですか。なら、良いんですけど……」

アレンさんと一緒にたくさんの修羅場を潜り抜けてきたせいか、この年下メイドさんは物怖じしない。だからこそ王都での作業を頼まれているわけで。

フェリシア、貴女もアレン商会の番頭として、もっとしっかりしないとっ！

私が自分を戒めていると、エリーさんはいそいそと二通の手紙を机へ出した。

「今朝工都から届いた、アレン先生とティナ御嬢様からの御手紙です。皆さん御無事なだけでなく——聖霊教の使徒に連れ去られていた、フェリシアさんの御父様であるエルンスト会頭も救出されて本当に、本当に良かったです。おめでとうございます」

「い、いえ。どうも……」

アレンさん。やっぱり私だけじゃなくエリーさんにも手紙を書いて。王都に戻ったら、強制的にお休みさせないと！

父の件は……個人的に御礼をたくさん言う。

エリーさんの天使みたいな笑顔に気恥ずかしくなり、咳払い。

「こっほん——アレンさんの御手紙によると、工都での戦いが終わった後、アレンさん達はユースティン帝国へ急遽向かわれたようです。王都に戻られるのはもう少し先になるかもしれませんね。対して王都周辺の情勢で話しておきたいことは——」

「地図を出しますね」

年下メイドさんは左手をほんの軽く動かし、光魔法を発動させた。

王国を中心とする地図が空中に投影され、王都には小さな王宮や大樹まで出現した。

……学生の水準じゃ絶対ない。

これも、毎朝晩アレンさんの課題用ノートを解いている成果なのかしら？

私、王立学校を中退したの正解だったかも。

「あ、ありがとうございます。……気になるのは先日、国王陛下と先代『勇者』オーレリア・アルヴァーン様との秘密会談が行われたとの未確認情報があることです。しかも、すぐ皇都へ取って返されたと」

「えーっと……つまり、ルーチェさんを王都へ届けに来られた、だけじゃないということですよね？」

エリーさんは不思議そうに小首を傾げた。

何かあったのだろうか？

でも、考えても考えても答えは出ない。

なので——私は自分の両頰を軽く叩く。

「！　フ、フェリシアさん？」

年下メイドさんが目を丸くし、硬直した。

私は戦うことが出来ないし、軍事のことも、政治のことも分からない。

だけど――情報を集め、アレンさんに提供することなら出来る。

そこから何を読み解くのかは――あの優しくて、甘くて、時々意地悪な人の領分だ。

「駄目ですね。さっぱり分かりません。なので、為すべき仕事以外で――今の私達が最優先すべきことは」

「さ、最優先すべきことは？」

机の引き出しを開け、先だって入手した、表紙に可愛らしく着飾った女の子が描かれた極秘資料を取り出す。

年下メイドさんは口元を押さえ、目を瞬かせた。

「フ、フェリシアさん、こ、これは……」

「はい、今年王都で流行る冬服が特集されたものです」

「！」

アレンさん曰く『天使』な女の子は机上の資料を凝視し、何を妄想したのか「あぅあぅ」と、恥ずかしそうに両頬に手をやった。

私は商談の時と同じ口調で提案する。

「エリーさん、みんなが王都へ帰って来る前に、私と一緒に新しい冬服を買いに行きませんか？　今なら一歩先んじられます」

「え、えーっと……あの、その…………で、でも、私はティナ御嬢様のメイドなので」

激しく揺らぎながらもエリーさんが主への忠誠を貫こうとする。

でも、視線はずっと冊子から離れていない。

さ、天使様を堕とさなきゃ。

私は決定的な言葉を告げる。

「アレンさんはきっと褒めてくれますけどね」

「！　あぅ……」

「ウフフ♪」

葛藤するエリーさんはとても蠱惑的だ。いけない扉が開いてしまいそう。

白いリボンを指で弄り、年下の少女は目線を逸らし、珍しく拗ねる。

「フ、フェリシアさんは、と、とっても悪い先輩さんです……」

「それは『一緒に服を見に行ってくれる』という意味と捉えても？」

「…………」

天使様は恥ずかしそうに頷いた。

——勝った。

数ヶ月前の私なら、ステラやカレン達以外と買い物へ行こう、なんて思いもしなかったと思う。まして、男の人に褒めてもらいたくて新しい服を選ぶなんてあり得なかった。

だけど、今の自分も嫌いじゃない。後輩もからかえるようになったし。

にやけ顔の私をちょっとだけ恨めし気に見つめ、エリーさんは綺麗な翡翠色の魔力を操り、植物の幻を生み出しては消していく。

アレンさんが時折やっている魔法制御の訓練と同じかも？

「凄いですね、それ」

「ふぇ？　──あ！」

どうやら無意識だったらしく、エリーさんは照れくさそうに魔力放出を止めた。言い訳をするかのように本心を零す。

「は、早くアレン先生達に帰って来てほしいですね」

「そうですね。エリーさんが毎晩寂しがらずに済むように」

「はぅっ!?」

目を開けた年下の天使さんが頰を染め、ぽかぽかと私の腕を叩く。

「フ、フェリシアさぁん」

「本当のことなので。アレンさんにばらされたくなかったら、紅茶、淹れてください★」

「う～……」

可愛らしい唸り。うん。天使じゃなく、年相応の女の子かも。

表情を変えずに眺めていると、

「……フェリシアさんは意地悪です。アレン先生にそっくりです……」

年下メイドさんは唇を尖らせて席を立ち、簡易キッチンへ向かっていった。

——それはそうだ。

だって、フェリシア・フォスはアレン商会の番頭であり、会頭の悪い影響を受けているのだから！

私は頬杖をつき、窓の外を見上げた。

雲が随分と厚く、またどす黒くなってきている。

——アレンさん達の帰路が無事だと良いのだけれど。

＊

黒みを帯びた茶色の重厚な扉を潜り、私——シェリル・ウェインライトは白狼のシフォンを連れ、昼間だというのに薄暗い屋敷の一室へと足を踏み入れた。

後方で扉が閉まる音を聞き、何時でも腰の聖剣『逝き去りし黒』が抜けるよう警戒しつつ、周囲を確認する。

　小さな机と安楽椅子。幾つかの本棚。ベッドと客用らしきソファーと古い暖炉。

　普段はここで寝起きしていないのかもしれないけれど、一国の元首が使っているにしては地味な印象だ。

　壁に掲げられた『光翼』の旗も幾分くすんで見える。

　武器の携行とシフォンの同行をあっさりと許可する位だし、窮地に陥っているのは間違いないのかもしれない。

　そうこうしている内に、窓際で顔を伏せ深く黙考していた総白髪の老人が私に気づいた。

礼服は皺だらけで、表情にも苦悩を隠せていない。

「ああ、これは……」

　白いスカートの両裾を摘まみ、私は丁寧に挨拶する。

　不本意であるものの、父の厳命で工都に残った以上、責務は果たさないと。

「ようやく御目にかかれました。ウェインライト王国第二王女シェリルです」

「ララノアを預かる『光翼党』党首オズワルド・アディソンだ。肩書で言うならば侯爵となる。戦後処理で多忙を極めるとはいえ、大恩あるウェインライトの王女殿下をお呼びたてしてしまい大変に申し訳なかった。どうか座ってほしい」

白狼は『分かっています』と尻尾を振り、暖炉前の絨毯で丸くなった。……足下にいてほしかったのだけれど。

私がソファーに腰かけると、オズワルドもまた対面へ深々と座った。

「まず——先日の決戦時における王国軍の工都来援に改めて感謝をしたい。貴国の助力がなければ我が国は極めて危うい状況に陥っていただろう」

「その点に関しましては国益と私欲です。……あの後、エルナー姫の御容態は？」

目下、最大の懸念事案について私は声を潜め尋ねた。

ララノアの英雄『天剣』アーサー・ロートリンゲンが工都東部の聖霊教教会で謎の失踪を遂げた後、全魔力を用いての大規模探知魔法を行使し、『天賢』エルナー・ロートリンゲン姫は重い病に臥された。

私は侯爵及びララノア軍上層部の懇願を受けその治癒に駆り出され、辛うじて命を救ったものの……会談自体はリサに任せ、後回しになっていたのだ。

ベッドに横たわる姫は神話じみた美形の御方だったが……死者のように蒼褪め、髪も乱れていた。

侯爵が悲愴感も露わに実情を吐き出す。

「はい。シフォン」

「……良くはない。シェリル殿の治癒魔法、そして我が共和国最高の医療魔法士達の昼夜を問わない努力で、何とか今は鎮静状態だ。しかし、意識が戻ればすぐにでも行動されるだろう。自らの命を削ってもな」

「アーサー・ロートリンゲン殿の行方は未だ？」

共和国の武を担う英雄の失踪と大魔法士の重病は、国防上の大問題だ。

それこそ……周辺諸国の情勢をも一変させる程の。

侯爵が苛立ちも隠さず、声を荒らげる。

「……分からぬっ。姫が倒れられた後は、我が息子アーティを長とし、全力で捜索を続行させている」

「アーサー殿は貴国の象徴です」

工都の戦いから、今日で十日。

なのに──勝利の象徴である『天剣』と『天賢』が揃って一向に姿を見せない。

また、失踪現場と思しき、聖霊教教会が軍により封鎖され続けているのも目立つ。

私は侯爵と真っすぐ目を合わせた。

「何時までも公表しない訳にはいきません。エルナー姫はともかく、『天剣』の不在は何れ他国にもバレます。我が国と貴国との間に講和が成立、『対聖霊教同盟』に加わったこともです。懸念されているのはユースティンかと思いますが、そちらも我が国の者より釘を刺してあります」

「……『天剣』と『天賢』がおらず、此度の内乱で大打撃を受けた我が軍では、帝国軍に対抗するのは事実上不可能だからな。そこも貴国に頼る他はない。情けない話だが」

懐から紙束を取り出し、風魔法も併用して投げ寄越してきた。

手で受け取り、表紙を確認――『極秘』。後半部分に栞が挟まれている。

「これは？」

「『天地党』側に裏切っていたミニエーの部下、スナイドルの尋問書だ。栞を挟んだ部分が極めて興味深い。お呼びたてしたおわびだ」

首肯し、頁を捲る――工都郊外の廃墟で死亡が確認された使徒イフルこと、侯国連合のホッシ・ホロント元侯爵に関する新証言のようだ。

彼が『内通者』？　しかも、『天鷹商会』と関係して？？

私は疑問を覚えつつも尋問書を脇に置き、居住まいを正した。

「オズワルド殿、本題をお聞かせ願えますか。わざわざ、リサとフィアーヌを呼ばず、私一人に限定したのには意味がある筈です」

部屋の中に重い沈黙が下りる。

侯爵は苦悩を隠さず、懐から使い込まれた革製の小物入れを取り出す。

「……煙草を吸っても良いだろうか？」

「どうぞ」

煙草を一本取り出し、侯爵は炎魔法で火をつけた。

左手を軽く挙げ、風魔法を発動。

空気の流れを完全に管理し、煙が私の方へ来ないようにする。

オズワルドは片眉を動かし、端的に評した。

「見事な魔法制御だ」

「私の同期生兼専属調査官は大陸最高の魔法士なので」

ここぞとばかりに自慢する。

彼と王立学校で出会えたことは、私の人生における最大の幸運だった。

リディヤだけが『運命の出会い』に遭遇したわけではないのだ。

紫煙をくゆらし、眉間を押さえる。

「……アレン殿か。彼が工都にいてくれれば、我等が気づかない事実も判明するかもしれぬ。正直に言おう。私も混乱しているのだ」

深く息を吐き、苦悩を滲ませる姿に嘘はないように思う。

内乱を鎮めた矢先に、再び傾国の事態が訪れているのだから……。

「エルナー姫の命を賭した大規模探知魔法でも、アーサーと他の魔力は発見出来ず――と、以前伝えたと思うが」

煙草を硝子製の灰皿に押し付け、侯爵は手で目を覆った。

「その後、我が国の総力を挙げ探知結果を再分析し、関連するかもしれぬ古書も総当たりさせたところ……微かな、ほんの微かな魔力反応が得られた」

緊張で身体が硬くなる。暖炉の中で大きな薪が割れ、シフォンの獣耳も動いた。

私は聖剣の柄を握り、問う。

「それは……アーサー殿と相対された相手の？」

「一致した魔力反応は二百余年前、魔王府近郊で観測されたものだった。……つまり」

深く深く息を吸い込み、疲れ切ったオズワルド・アディソンが重い口を開く。

「『魔王』だ」

「…………」

――魔王？　血河の先にいる魔族の王が工都に？？　いやでもアレンは。

私の困惑を他所に、目の前の侯爵は外聞もなく頭を抱える。

「……荒唐無稽な話であろう？　魔王領から遠く離れた工都の地でそのような。しかし、我が先祖は魔王戦争に従軍し、魔王府も、魔王本人すらもその目で実際見ている。奴が今の時代にも生きているのなら、あり得ぬ話でもない。……『天剣』を害することなぞ、怪物でなければ不可能なのだ」

落ち着く為、私は視線を虚空に動かす。

工都の戦いが終わった後、アレンが囁いた言葉を思い出す。

『シェリルには教えておくね？　建国戦争記念府の地下で、僕達と一緒に【偽神】と戦ってくれた、白銀髪の少女リルの正体は――』

彼は優しい嘘はついても、真実を捻じ曲げる人じゃ絶対にない。

少なくとも、私やリディヤ、かつてのゼルベルト・レニエに対して、アレンは何時も、何時だって真摯だった。

たとえ、自分が不利になったとしても、

故に――私は強い言葉で断固否定する。

「いいえ、オズワルド殿。それだけはあり得ません。絶対にあり得ないんです」

「うぬ？」

侯爵が顔を上げ、唸(うな)った。明らかに不信感を覚えているようだ。

私は硬い声で真実を伝える。

「何故(なぜ)なら——魔王は【偽神】討伐に助力し、この工都を救ったばかりだからです」

「なっ⁉　そ、それはどういう……」

腰を浮かせ、オズワルド・アディソンが狼狽(ろうばい)した。無理もない。

偶々(たまたま)出会った旅の道連れが、白猫を連れたお忍びの魔王？

そんな話、彼以外だったら私だって信じていない。

しかも——『魔王府にも招待されているから、王都に戻ったら相談に乗ってよ』だ。

もうっ！　アレンはまったくもうっ‼

どうして、何時も大事に巻き込まれるのかしら……。

専属調査官さんに嘆息し、私は説明を再開した。

「私も詳しくは分かりません。アレンに尋ねる時間もなかったので。ただ……我が父と王国上層部は知っていると思います。アーサー殿もです。状況が落ち着いてからオズワルド殿に話をするつもりだったんじゃないかと」

「………信じられん」

よろよろと、身体を椅子へと下ろした。

白髪を掻き乱し、侯爵が深刻そうに続ける。

「だが、仮に事実ならば……。エルナー姫の説得は更に困難となろう」

「？　事実を御伝えすれば、理解して下さるのでは？？」

戦場で通信宝珠を介し会話を交えただけだが、姫は聡明な方だと感じた。

アレンの評価も頗る高い。安心して全てを任せられる人だよ。

……私だって、そんなふうに言われた記憶はない。

「平時ならばそうであろう。……だが、『今』は違うのだ。シェリル殿に敢えて問うが」

侯爵は顔を歪め、無理矢理笑みを作りだした。

「今日突然――アレン殿が自分の近くで暗殺された時、平静でいられる自信があるか？」

「………そ、れは」

強く断言出来る程……私は強くない。

きっと激しく狼狽し、嵐のように荒れ狂ってしまうだろう。

アレンが行方不明になったオルグレン動乱時だって、何度西都をシフォンと一緒に脱出し、東都へ走ろうと考えたか！

リディヤがアヴァシーク平原で戦術禁忌魔法『炎魔殲剣』を使った、という報を聞いた時だって『あの子ならそれくらいはする』という感想しか出て来なかった。

――つまり、エルナー姫にとってアーサー殿はそういう存在。

口をつぐんだ私に対し、侯爵が悲痛な予測を示す。

「姫は大変聡明な御方だ。だが……アーサーを心から愛しておられた。この世界よりもな。アーサーを襲撃した者の魔力が『魔王』だと、御自身で気づかれた時、我等の言葉が届くかどうか……」

ララノアの誇る『天賢』は偉大な魔法士だ。

深い昏睡から目を覚ませば……自分で探知結果を再解析し答えに辿り着く。

辿り着いてしまう。

そうなった時、向かう先は果たして何処か？　そんなのは一つしかない。

もし、もしも……姫が『血河』を越えてしまったら。

被害と魔族の反応次第では、魔王戦争の再来だ。

両拳を握りしめ、オズワルド・アディソンが自嘲を吐き出す。

「耐え切れない心の傷を受けた時、人は常に最良の選択を出来る訳ではない。……息子を喪った我が義弟マイルズ・タリトーが、聖霊教の偽聖女へ縋ったように。此度の騒乱で愚かな私が学んだ唯一のことだ」

答える前に室内を大きな影が横切った。

工事状況を俯瞰する為、誰かが王国では見ない気球を飛ばしたようだ。

――……はぁ、結局また彼に頼るしかないのね。

背筋を伸ばし、心臓に右手を押し付ける。

「オズワルド殿……アレンへこの件について書簡を送る許可をいただけますか？　私の専属調査官ならあの時、建国戦争記念府地下にいた私達の証言以外に、決定的な証拠を示す妙案を思いついてくれるかもしれません」

＊

「ん～……んん～………」

昨晩の荒天が嘘のように晴れ渡った古教会の内庭に、長杖を持ち白の魔法衣を着たティナの声が響き渡る。

少女の目の前には小さな小さな深蒼の氷塊。

そこから魔力が漏れる度、結界内の地面は凍り付き、雪華の数も増えていく。

――全てを凍結せし『銀氷』、その初歩の初歩だ。

樹木の下では、今日も丸くなったルーチェを枕に、漆黒の鞘に納まった光龍の剣を抱えたアトラとリアが日向ぼっこ中。後で映像宝珠に撮っておかないと。

『アレン様、私達が皇宮へ行っている間に撮影をお願いします』

『後で和みたいので～♪』

『教授の世話と併行して、愚痴の多い皇帝との会談なんて面倒事を引き受けているんだから、それくらいはしなさい。いいわね？』

ステラやリリーさんは勿論、ああ見えてリディヤもアトラ達が大好きなのだ。

それにしても、ティナを除く公女殿下達はまた会談かぁ……。

教授は引率で付いて行ってしまったし、カレンも朝食後にメイドさん達を引き連れてやって来たアンナさんとミナさんに、別室へ連れていかれてしまった。

肝心要のアリスとシセ様も。片や眠り続け、片や早朝に起きてきたものの皇宮へ行ってしまい……手持無沙汰な僕はこうして本職の家庭教師をしている、というわけだ。

丸テーブルへ広げたノートへペンを走らせ、薄蒼髪の公女殿下に声をかける。

「ティナ、大丈夫です。慌てずゆっくりと顕現させましょう。『銀氷』といっても、コツは何時もの魔法制御訓練と変わりません」

「わ、分かってます」

前髪と表情を強張らせ、公女殿下は何度も頷いた。

氷華は結界内で少しずつ渦を巻き、吹雪へと変貌しつつある。

「の、のぉ？　い、愛し子の手助けをした方が良いのではないか……？」

隣に座り、昨日みんなで作ったチーズケーキを食べていた幼女があわあわしながら、僕へ話しかけてきた。なお、フォークは手放していない。

ノートへ幾つかの新しい魔法式を書き込み、左手を伸ばす。

「大丈夫だよ。レナは優しいね」

「と、当然のように撫でるでないっ！　わ、我は大星霊なのだぞっ⁉　忘るるなっ‼」

幼女が椅子の上に立ち上がり、憤然と文句を言ってきた。ティナを真似たのか、鳥羽根が立ち上がっている。

僕はカップへ紅茶を注ぎ、ミルクを足す。

「うんうん、レナは可愛いね」

「グヌぅ～……」

僕の言葉に分かり易く怯み、幼女は座り直した。

フォークでチーズケーキを突き刺し、口に放り込む。

「――ふんっ。当世の【雷姫】と【花天】が起きる前に、良かれと思い、善意で『白夜』を直してやっておるというのにその態度っ！　我が『嫌だ』と言えば、如何な『終わりと始まりの地』を模した場所とて直らぬのだぞ？　わ、我は本気ぞっ」

ティナに話を聞いたところ、剣を抱えるよう指示してきたのは幼女達だったらしい。

大精霊の力は人智を超えている。

でも――あれだけボロボロな剣が復活するのだろうか？

紅茶をティースプーンで掻き混ぜ、一先ず寂し気な演技をしておく。

「……そっかぁ。レナは僕のことが嫌いなんだね」

「なっ⁉」

幼女は狼狽し、視線を彷徨わせる。

すると、ルーチェに抱き着きながら、アトラとリアがじー。

「レナ、アレンをいじめちゃ、めっ」「いじわるするの、め～」

「ぐぅ……あ、後で覚えておれよぉ」

行儀悪くチーズケーキを手で取るや、むしゃむしゃと食べ、蒼髪の幼女は恨み節を呟きながら、アトラ達の下へ駆けて行き、抱き着き目を閉じた。

……ティナの性格に引きずられているのかな？

謎多き幼女の小さな背中を観察していると、入れ替わりで紫のセーターが良く似合う狼（おおかみ）族の少女が僕の隣に腰かけてきた。

「兄さん、ただいまです」

「おかえり、カレン。お疲れみたいだね」

「……疲れました」

丸テーブルに短剣を置くや、肩と肩をくっつけ、妹は目を瞑（つぶ）って頭をこてん。

リディヤ達がいないとはいえ、人前では珍しい。

結界内ではティナが汗を零（こぼ）しながら、氷塊に魔力を込めていく。

「……一つ、一つ……ゆっくり、ゆっくりと……」

ステラやカレンもそうだけど、この子も信じられない程成長した。

北都で温室の天井を幾度も吹き飛ばしたのが懐（なつ）かしい。

カレンの為に、紅茶へ普段よりも多めにミルクと砂糖を入れる。

「でも、驚いたね。アンナさん達だけでなく、ハワード公爵家のメイドさん達までやって来るなんて」

次席だというミナ・ウォーカーさんとは目礼し合うだけだったけれど、リンスターの同業者に対する対抗心がはっきりと見て取れた。アンナさんもそうだったけど。

カップを両手で持ち、カレンが遠い目をする。

「……たくさんのドレスを次々と着せられて疲れました。特に綺麗な黒髪を三つ編みにしている、眼鏡をかけたハワード家のメイドさんが凄く熱心で……」

「チトセさんかな？　第五席の」

チーズケーキを切り分け、工都の戦いでも魔法生物の白兎達を操り活躍した、冷静沈着な女性を思い出す。あの人も僕達に付いて来てくれている。

「はい、その人です。………つかれました」

カレンが甘えた口調で袖を摘まむ。

血こそ繋がっていないとはいえ、生まれて以来の妹だ。

阿吽の呼吸で、チーズケーキをフォークで食べさせると、獣耳と尻尾が上機嫌にゆっくりと動いた。

「まぁ、僕とカレンが皇宮に行くことはないさ。アンナさんも『何事も念の為、でございます♪』って言っていたし。僕もさっき礼服を押し付けられたよ」

「……私は……兄さんと一緒なら、何処にでもいきます……」

妹の頭を優しく撫でる。久しくなかった穏やかな時間だ。

くすぐったそうに身体を捩り、カレンはテーブル上のノートへ目を向けた。

「これ……ステラ用の新しい魔法ですか？」

「うん。広域浄化魔法を改良して、治癒魔法に出来ないかなって」

僕と魔力を繋いでいたとはいえ、ステラの『清浄雪光』は工都西部を覆い、禁忌魔法によって生み出された蠢く骸骨兵達を一掃してみせた。

——ならば、治癒魔法の意図的な極大化も可能なのではないか？

敵味方の区別は難儀だけれど、不可能でないのなら創る価値はある。

完成したら、ますます『狼聖女』様の伝説が各地に広がってしまうかもなぁ。

カップをソーサーへ戻し、カレンが唇を尖らせた。

「……兄さんはステラに凄く甘いと思います」

「そうかなぁ」「そうです」

僕の妹は案外と独占欲が強いのだ。

もう一冊のノートを開き、カレンに示す。

「勿論、カレン用のもあるよ。試作した極致魔法を改良してみたんだ。——秘伝もね。後で試し打ちをしてごらん。オーレリア様には許可を取っておいたからさ。後でアリスにも見てもらおう」

「……こ、こんなことぐらいで、誤魔化されませんから……」

尻尾で僕を叩き、カレンはノートの魔法式に指を滑らせた。うん、見事な魔法制御だ。

紫電が手乗り狼を形作り、可愛らしく吠える仕草。

長杖を構えたまま、ティナが肩を怒らせる。

「先生！　いちゃいちゃしないでくださいっ‼　カレンさんも近過ぎますっ‼」

僕達以外に誰もいないとはいえ、人聞きが悪いなぁ。

アトラ達は——良かった。三人共、スヤスヤとお昼寝中だ。

手乗り狼を消し、カレンが灰銀髪を手で払う。

「ティナ、これは妹の特権です。悔しかったら、貴女も妹になればいいんです」

「ど、どういう理屈——……ま、まさか、御姉様と先生の結婚を認めろとっ⁉」

斜め上の解釈に辿り着き、薄蒼髪の公女殿下は激しく狼狽した。

その拍子に『銀氷』の制御が甘くなり、回転の速度が増す。まずいな。

「……そんなことは一言も言っていません。あくまでも、喩えです、喩え」

「御姉様の耳に入ったらどうするんですかっ！　ただでさえ、最近は妄想が、あ」

ゆっくりと回転していた氷塊が突然急加速。

結界内に雪風が吹き始め、耐氷結界そのものを凍結させ始める。

──魔法の暴走だ。

「「！」」

幼女達も目を覚まし、瞳を瞬かせた。ルーチェが叱責するかのように鳴く。

……うん、僕に対してだな。

「せ、先生、どどど、どうしたら⁉」「に、兄さん！」

ティナとカレンが狼狽し、泡を食う。

雪風は今や嵐へ変貌しつつあり、猶予はそうなさそうだ。ここまでかな。

座ったまま右手を振ると、右手の腕輪が光を放った。

次の瞬間──数えきれない漆黒の花弁が結界内に出現し、『銀氷』を覆い始める。

「ふぇ⁉」「少しずつ魔力の勢いを殺して……？」

指示を出さずとも、長杖を握り再制御に挑戦していた公女殿下が驚きで前髪を立たせ、
カレンは僕のしようとしていることを推察する。

──二人共合格。

紅茶を一口飲み、『銀氷』を消失させ、結界もついでに崩してしまう。

「工都で戦った【氷龍】や【偽神】みたいに、魔法介入が出来なかったり、難しい相手もいるしね、僕も実験中なんだ。──ティナ、こっちへ」

「は、はひっ……」

薄蒼髪をしおにさせ、公女殿下は僕の下へやって来た。

手を伸ばし、ほんの軽く額を指で打つ。

「あぅ！」

「訓練中に集中を乱すのは止めましょう。君の魔力量は、リディヤやリリーさんすら上回ります。制御出来ないと大変です」

「は、はい。ごめんなさい……」

両手で額を押さえ、ティナはしゅんとした。百面相は出会った頃から変わらない。

僕はナイフでチーズケーキを切り分け、小皿へ。

反省中の公女殿下へ差し出し、今度は心から賞賛する。

「でも、きちんと課題を解いてくれているみたいですね。嬉しいです」

「せ、先生。──……えへへ♪」

嬉しそうに相好を崩し、ティナは長杖を抱きしめたまま、その場で一回転。

白いスカートが動くのを追いかけ、アトラとリアがはしゃぐ。

「♪」「ティナ、くるくる～☆」

キラキラと舞う氷華を手にし、もう一人の幼女が長い蒼髪へ指を巻き付けた。

「……ふんっ。今世の【鍵】は飴と鞭の使い方を心得ておるの」

口調とは裏腹に、ティナを褒められたせいか凄く嬉し気なんだけど、そんなことを言われたら僕の返す言葉は一つしかない。顎に手をやり、わざとらしく返す。

「おやぁ～？　レナは今日のおやつ、いらないのかなぁ？？」

「！？！！」

蒼髪幼女の小さな身体に電流が走った。

小さな両手を上下させた後、ティナの背中に隠れ頰を膨らます。

「ひ、卑怯ぞっ！　か、菓子を盾にするとは……」

「レナ、たべない？」「リアがたべてあげる～♪」

真似っこし、レナの背中から顔を出したアトラとリアが跳びはねた。

髪の鳥羽根を震わせ、蒼髪幼女が振り返る。

「あーあー！　わ、我のぞっ‼　な、汝らには分けてやらんっ!!!」「「♪」」

アトラとリアは楽しそうに走り始め、レナも二人を追いかける。

「「──ふふ」」

そんな何処(どこ)までも平和な光景に、僕達は笑みを漏らした。

やらなきゃいけない事、調べなきゃいけない事は山積みで、聖霊教との戦いもますます激しくなっている。

けど、今この瞬間だけは。

ティナとカレンに僕が話しかけようとした──正にその時だった。

純白の蒼翠(そうすい)グリフォンが身体を起こし、強大な魔法障壁を張り巡らせ、アトラ達を幾重にも包み込んだ。

「ルーチェ？」「どうかしたんですか？」

「カレン、ティナを！」

僕も立ち上がって妹へ指示を出し、少女達の前へと出る。

無数の花弁が舞い踊り──両腰に魔剣を提げた黒茶髪の少年が姿を現した。

オーレリア様に使用を禁止にされた転移魔法の呪符だ。

「……イグナ・アルヴァーン……」「ど、どうして、軍装を？」

短剣を手にカレンが少年の名を口にし、ティナは疑念を零す。

先日身に着けていた剣士服ではなく、薄紫の軍装とマントを身に着けた次期『勇者』候補筆頭の少年はティナ達を無視し、僕だけを見た。

嫉妬と憎悪。焦燥と――微かな羨望。

バチバチ、と電光を飛ばし、イグナは僕へ咆哮した。


「私は……私は、お前の存在が心底気に食わぬっ！！！！」


「……兄さんに対して」「……喧嘩を売っているんですか？」

反応しようとしたカレンとティナを手で抑え、僕はアトラ達を確認。

――あっちはルーチェが守ってくれるみたいだ。

苛立たしそうにイグナは地面を幾度も踏みしめ、髪を掻き乱した。

「本来この古教会は我等一族であっても、そうそう踏み入れることの許されぬ聖地。私ですら『勇者』候補になるまで入ったことはなかった。にも拘わらずっ！　貴様は長滞在を許され、剰えっ！　当代様の……アリス様の信じ難き厚遇を受けているっ‼」

手を止め、少年の視線が後方の妹を捉えた。

電光が内庭の大気を切り裂いていく。

「しかも……しかもだっ。先日は貴様の妹とステラ・ハワードが私に恥辱を味わわせた。アリス様とオーレリア様の御前でだっ！　到底、許せるものではないっ‼」

才気溢(あふ)れる少年のこの血走った眼(め)。

僕はこの眼をよく知っている。

王立学校で。大学校で。王宮魔法士の実技試験で。

リディヤに対しては絶対に向けられないが故、公的地位の面で自分達より下の僕を狙ってきた、挫折を知らずに生きてきた者と同じ眼だ。

薄蒼髪に着けた髪飾りを煌(きら)めかせ、長杖を手にティナが叫ぶ。

「そ、そんなの、単なる逆恨みじゃないですかっ⁉　貴方(あなた)が負けたのは、御姉様とカレンさんより弱かっただけ――」

「黙れっ！　私は本気を出してなぞいないっ‼」

イグナは殺気を噴出させ、怒号。

両腰の魔剣を一気に抜き放ち、僕へ真っすぐ視線を叩きつけた。

白と黒の剣身が妖しく光を反射させる。

「今日、此処でっ！　次期『勇者』イグナ・アルヴァーンの存在をアリス様に——貴様を、新しき時代の『流星』を打倒することで証明するっ‼　さぁ、好きな武器を取るがいい。勝負だっ！　狼族のアレンっ！！！！」

＊

イグナの身体から噴出する膨大な魔力によって、小鳥達が異変を察知し次々と飛び去っていく。

流石は次期『勇者』候補筆頭殿。魔力量だけなら、僕よりも遥かに上だ。

手に持つ双剣は早くも雷を帯びつつある。

かつて——僕達と一緒に黒竜と戦った際、アリスは『本来のアルヴァーンの技』として、双剣を振るった。身に着けた軍装といい、そこまでして僕と戦いたいのか。

「えっとですね。貴方にはあっても、僕には貴方と戦う理由が——」「参るっ！」

身体に雷を纏ってイグナは『雷神化』。一気に間合いを詰めてきた。

——けたたましい音と電光が激しく散る。

リンスターの剣技に似通った連撃を、顕現させた魔杖『銀華』で防ぐも、

「甘いっ！」「くっ」

イグナの圧力に吹き飛ばされ、僕は後方へと跳んだ。

「兄さんっ！」「先生っ！」

カレンとティナが切迫した声色で僕を呼ぶ中、風魔法と浮遊魔法を併用し、地面へふわりと着地。ズボンの埃を手で払いつつ、新しい魔法も紡ぐ。

臨戦態勢を取り、無数の上級魔法を静謐展開させたルーチェへ『アトラ達を守っておくれ』と目でお願いし、イグナ・アルヴァーンの分析を開始する。

先日の模擬戦敗北に学んだのだろう。身体強化に相当量の魔力を回し、初手から『雷神化』も使ってきた。

つまり――本気だ。

「私闘はアリスとオーレリア様に禁止された筈ですが」

「この戦い、私怨に非ず！　私が貴様を打倒すれば、当代様も目を覚ましてくださろう」

……アリスの目を覚ます？　いったいどういう意味だ？？

勇者様の行動原理はリディヤやリリーさん以上に突拍子もないし、予想がつかない。

僕の考えなど知らず、両手を大きく広げ、イグナが自信満々に言い放つ。

「光栄に思うがいい。アルヴァーンの双剣技は滅多に見られるものではないっ！」

内庭全体を電光が駆け巡り、幾つかは『銀華』にも当たり音を立てた。

右手の指輪と腕輪へ目線を落とすと、明滅し煽ってくる。ぐぅ。

覚悟を固め、肩越しに指示。

「カレン、ティナ。ルーチェの傍に」

「兄さん、こんな人なんか」「先生、私達に任せてくださいっ！」

紫電と雪華がうねり、電光と激突して相殺し合う。

僕の妹と教え子は頼りになるのだ。

嬉しく思いつつ魔杖を右に突き出し、イグナと視線を衝突させる。

「剣を向けられたのは僕だからね。偶には――」

「！」「⁉」

大きく『銀華』を振り、先程静謐展開させていた風属性中級魔法『風神波』をイグナの足下へ発動。予期せぬ方向から吹き荒れた暴風が黒茶髪の少年を空中に吹き飛ばす。

少女達の髪も靡く中、僕は数歩前に進み出た。

「妹と教え子の前で恰好つけるのも良いかも、ってさ。あ、リディヤ達には内緒だよ？

絶対にお説教されるし」

「――……はぁ」」

呆気に取られていたカレンとティナは額を押さえ、深い深い溜め息を吐いた。

空中で風魔法を使い、元は石壁と思しき瓦礫の上にイグナが着地。それを確認するなり、妹は鞘ごと短剣を放って来た。右手で受け取る。

「私の短剣を使ってください。先日の戦いでも雷を弾けました」

「ありがとう、カレン」

「……私の物は兄さんの物ですから。怪我をしないでくださいね？」

はにかみ、カレンはルーチェの結界内へ跳んだ。来春、大学校へ進学予定の妹の兄離れは遠そうだ。

「…………」

「ティナの杖は、気持ちだけで大丈夫です」

「せ、先生、思考を読むのは反則ですっ！　……お気をつけて」

僕達兄妹のやり取りを羨ましそうに眺めていた公女殿下は図星を指されたのか、あわあわし、カレンの後を追いかけていった。最後に心配してくれるのがティナらしい。

――さて、と。

短剣を腰に提げ、僕は瓦礫上のイグナと相対した。

指輪と腕輪が『奇襲上等！』『見敵必殺！』とばかりに、明滅するのは無視する。

紫の軍装とマントが良く似合うアルヴァーンの美少年は電光を激しく飛ばし、胡乱気な目つきで僕を詰ってきた。

「……貴様、この期に及んでまだふざけているのか？　あの程度の魔法、私に通じると思うなっ！」

失敬な言い草だ。挨拶代わりとしては悪くないと思ったのだけれど。

左手の魔杖を回転させ、否定する。

「いいえ。それなりに本気ですよ」

「……それなり、だと？」

イグナの秀麗な顔が、見る見る怒りで真っ赤に染まっていく。

双剣の切っ先に二発ずつ紡がれているのは、雷属性上級魔法『雷帝乱舞』だ。

年齢を考えれば、王国でも滅多にいない程の実力者なのは間違いない。

ただ、アリスの後継者としては――回転を止め、僕は石突を突いた。

「⁉　ちっ！」

舌打ちし、イグナは魔法の展開を中断。

四方八方の地面と空中から襲い掛かる、無数の土属性初級魔法『土神鎖』と氷属性初級魔法『氷神鎖』をその場から動かず双剣で迎撃し、見事な剣技で防ぎきっていく。

「お見事です。一手目で詰められるかも？　と思ったんですが、甘かったですね」

「貴様……私を、イグナ・アルヴァーンを舐めるのも大概にしろっ！！！！！」

怒髪天を衝くといった様子で、双剣に膨大な魔力が注ぎ込まれ、バチバチと発光。

雷の広範囲斬撃で土鎖と氷茨を薙ぎ払い、僕へ向けて正面突撃を開始した。周辺に魔力の残滓が靄のように漂う。肩を竦め、もう一度石突を突く。

「いいえ、舐めてはいませんよ。むしろ――貴方の方が油断し過ぎだと思います」

「！　ちっ」

イグナの動きを掣肘すべく、今度は光属性初級魔法『光神弾』と闇属性初級魔法『闇神弾』を多重発動。雨のように周囲一帯へ降り注ぐ。

対して、黒茶髪の少年は双剣で僕の魔法を切断、消失させ、『雷神化』特有の機動性で突撃を遮二無二継続する。

双剣と身に纏った雷、攻撃用上級魔法を維持することに魔法制御の過半を費やしていて、魔法障壁は相当薄い。今までは機動性だけで対処可能だったのだろう。

結論――イグナは攻撃に特化した典型的な前衛だ。

ある一定の距離を保ち、魔法で射貫く。

僕が評価と攻略方針を定める中、少年は右手の剣で防ぎ難い超高速の光弾を両断し、左手の剣を突き出してきた。電光が猛り、切っ先が光を放ち始める。

「この程度の魔法なぞ、私を止められるものかっ！　我が雷を喰らうが――」

「では、もう一工夫を」

『雷帝乱舞』が発動される前に、僕は魔杖を大きく薙いだ。

躱された『光神弾』『闇神弾』の先に氷鏡を出現させ跳弾にし、理論上は全弾必中とすることで『回避』という手段の無効化に勤しむ。

「！　乱反射で軌道も変えて⁉　小賢しいっ」

遂に突撃を止め、イグナは迎撃へ集中し始めた。

双剣が振るわれる度、周囲の魔弾は数を減らし、少年の口角が上がっていく。分かり易い子だ。けど、戦場でその行為は明確な隙となる。

――イグナ・アルヴァーンは、強敵との真剣勝負を経験していない。

僕は唇に右手の人差し指を近づけ片目を瞑った。

「更にもう一工夫」

光弾を切断した瞬間、剣身が一時的に凍結し、周囲の地面に降り注いだ闇弾は炎を生み出し、イグナの魔法障壁を少しずつ削り取る。

反射も継続しつつ魔弾を、あるものは超高速に。あるものはわざと遅く。あるものは途中で停止させ、あるものは効果範囲を広げ――迎撃が少しずつ、少しずつ遅れていく。

「こ、これは……こ、こんなことが、ば、馬鹿なっ！」

今日初めて、イグナが怯(ひる)み、焦(あせ)りを表に出した。

ルーチェの傍で、アトラ達と一緒に戦況を見守っているカレンとティナの口も動く。

『全ての魔弾属性を偽装し……』『広域発動、高速発動、遅延発動を織り交ぜて？』

魔弾の嵐を前に、じりじりと後退を強いられるイグナが激高した。


「私は――私は次期『勇者』イグナ・アルヴァーンだっ！　貴様になぞぉぉぉっ‼」


身に纏う雷が変容し、厚さを一気に増す。

双剣の迎撃を抜け、直撃する魔弾を全て無視。確実に前進を再開してくる。

「機動性を捨てて、纏った雷を全て防御に回しましたか」

「この姿になれば、貴様の魔弾なぞ、っ⁉」

イグナは防御を捨て、一気に間合いを詰めようと足を踏み出し――泥の中に沈み込んだ。

土属性初級魔法『土神沼』だ。

「申し訳ないんですが、僕は貴方程、魔力がないので」

魔杖の宝珠が内庭を照らし――地面も鳴動。

飛び出してきた植物の枝が魔法障壁を、雷を削り、イグナの四肢を拘束せんとする。

「小細工を使わせていただきました」

「お、おのれ、おのれ、おのれぇぇ！！！！！！！！！！！！！！！」

凄まじいまでの絶叫。

魔法障壁と雷を復元しようとするも、魔弾の嵐はそれを許さず。

その間にも、枝はイグナの双剣と身体に絡みつき、動きを奪っていく。

どうやら、これで。

「む！」『!?』

ホッとしたのも束の間、イグナの身体が爆発したかのように光り輝き――閃光と轟音、衝撃が内庭全体を揺らした。葉と花弁が舞う。

カレンとティナが驚き、手で口元を押さえる前で、軍装とマントをボロボロにしながらも、イグナ・アルヴァーンは遂に僕の前へ辿り着いた。

魔法制御の限界を超えて、余りある魔力を注ぎ込み、無理矢理突破したのか。

少年の評価を一段階引き上げ、僕は魔杖を構える。

「流石ですね」

「当然だっ！　私は『勇者』を継ぐ者。そして、ここまで距離を詰めれば」

双剣に限界以上の魔力を注ぎ込み、イグナが犬歯を剝き出しにした。

雷は猛り、前傾姿勢へと移行していく。

「魔法士の貴様が私に勝てる道理はないいっ！　この勝負――私の勝ちだっ‼」

自信があるのは良いことだ。僕のように自身を卑下するよりずっと。

同時に過信は身を滅ぼす。

そう……かつてはその才を讃えられていたジェラルド・ウェインライトのように。

『人間ってのはつくづく難しいよなぁ。ま、そこが面白くもあるんだが』

王都下町の路地裏で、黒竜を信奉する秘密結社の構成員を叩きのめした後、ゼルもそう皮肉っていた。同感だね。

「何が可笑しいっ！　自分の無力さを嚙み締めて、私に倒されるがいいっ‼」

そう咆哮するや、イグナは全力で地面を蹴った。

地面を駆ける雷となり、最後に高く跳躍。

殺意の込められた双剣が僕へ振り下ろされ――

「！？……！」

空中で完全に停止した。

万が一に備え、何時でも飛び出せるよう準備していたカレンとティナが息を呑み、アトラとリアに剣と一緒に抱えられているレナが「……ふんっ」と自慢気に鼻を鳴らした。

「漆黒の……」「氷の茨？」

イグナを捕えていたのは、僕が張り巡らせていた不可視の黒氷茨だった。

――全てを凍結させる『銀氷』だ。

空中で藻掻き、黒茶髪の少年が驚愕する。

「き、貴様、こ、この力は!?」

「お節介な白黒の天使様が『是非参加したい』と」

右腕の腕輪を見せ、僕は頰を掻いた。

すると、今度は指輪に痛み。……試しておくのも悪くない、か。

カレンに借りた雷龍の短剣を引き抜き、『銀華』に重ねると宝珠が光彩を放ち、切れ味を喪って久しい剣身の表面に古い文字が浮かび上がる。

――古教会にいる為だろうか？

腕輪と同じく、気づかぬ内に回復していた魔杖の底知れない魔力を喰らい、短剣が剣翼に似た穂先を持つ漆黒の雷槍へと変貌していく。

「こ、こんな茨っ！　我が双剣と雷ですぐに断ち切……なっ………」

「あ、あれは……」「ふぇ⁉」

手と手を繋ぎ合ったカレンとティナが瞳を見開き、イグナの顔が絶望に染まる。

僕は『銀華』を浮かべ、新秘伝たる未完成の巨大雷槍を両手で持ち直した。

「では、いきますね⁉」「！　ま、待て――」

無造作に上空を薙ぐ。

「「！？！！！」」

巨大な雷刃は、イグナの頭上を通過し――上空の雲を消し飛ばした。

指輪の輝きが強まり、不満を主張するも無視。どう考えても過剰攻撃だ。【魔女】様の辞書に手加減の文字はないらしい。

少年の両手から双剣が滑り落ち、地面に深々と突き刺さる。

氷茨の拘束を解くとイグナも降り立ち、呆然自失な様子で天を見上げ独白。

「う、嘘だ……こ、こんな力、ひ、人の身で振るえるわけがないっ。こ、これでは、まるで、アリス様の『天雷』と……い、いや、かつて、存在し失伝した『天槍』………」

「殆ど僕の力じゃないですけどね。──まだ、やりますか？」

「…………」

イグナは身体を震わせ、双眸に躊躇いと迷いを漂わせた。

それでも、意を決したかのように突き刺さった双剣へと手を伸ばし──

「イグナ、もう止めなさい。今の貴方では、アレン殿には勝てません」

「【双天】と【天使】だけでもあり得ないのに、二百年前に『流星』が使っていた神祖様の短剣とは……あたしですら頭が痛くなってきた。アリスが買うわけさね」

内庭へやって来られた先代勇者のオーレリア様と、花付軍帽と王立学校の制服を着た『花天』シセ・グレンビシー様によって、戦いは強制的に中断を余儀なくされた。

転移魔法を防ぐ為だろう。強大な結界が張り巡らされている。

「…………っ」

歯軋りをし、少年が僕へ血走った、憎悪の目を向ける。

それでも双剣を引き抜き、

「……申し訳、ありませんでした……」

小さく謝罪の言葉をオーレリア様だけに伝え、イグナは顔を伏せたまま一人内庭から古教会へと歩いて行った。……勝負を受けたのは失敗だったかもしれない。

「兄さん！」「先生っ！」「♪」

「おっと」

僕が短剣を鞘へ納めるのと同時に、カレンとティナが安堵した様子で両腕に、アトラとリアが足に抱き着いてきた。レナは――剣を片手で抱え、僕の左袖を摘まんでいる。

そんな僕に対し、オーレリア様が頭を深々と下げてこられた。

「先日に引き続き、我が一族の者が迷惑をかけました。……悪い子ではないのです。ただ、激戦を潜り抜けてきたアレン殿達と、自分との差に思い悩んでいるのでしょう」

「いえ。彼が悩む気持ちも少し分かるので」

「……助かります」

先代勇者様は隠しようのない苦悩を滲ませ、美貌を歪ませる。何処の家も大変だ。

話が終わると、僕の左腕に抱き着いたティナへ半妖精族の大魔法士様が照れくさそうに話しかけてきた。

「この前はみっともない所を見せたねぇ。……あたしとしたことが、取り乱しちまった。シセ・グレンビシーだよ」

先日よりは落ち着いておられるようだけど、瞳は潤み、涙が今にも溢れそうだ。

僕とカレンはティナへ目配せし、背中を軽く押す。

花付軍帽を外し、シセ様は教え子の娘へ願いを口にされる。

「名前を教えてくれるかい？」

「テ、ティナ・ハワードです」

一瞬だけ僕達がいることを確認し、薄蒼髪の公女殿下は戸惑いつつも名乗る。

シセ様の髪が総毛立ち、空を見上げられた。

「……そうかい……そうかい。その名をつけてくれたのかい……」

頬を滂沱と涙が伝い、地面に染みを作っていく。

両手で顔を覆い、シセ様が声を震わされ、嗚咽を漏らされる。

「……ローザは……あの子はあたしを覚えてくれていたんだね……。旅の途中で、コールフィールドへ置いていった、こんなあたしなんぞを……」

「「……………」」

さめざめと泣く伝説的な大魔法士様の姿に、僕達は言葉を喪った。

今は亡きローザ様とシセ様、そしてイオの間に何があったのかを、僕達は知らない。

けれど――目の前で泣き続ける女性が、ローザ様を心から大切にしていたのは分かる。

シセ様は涙を拭い、微笑まれた。

「抱かせてくれるかい？」

「は、はい」

ティナを優しく抱きしめ、大魔法士様は小さな両肩を震わせる。

「……己の夢も、一族も、教え子達も喪ったあたしだが……」

瞑目し、誓いの言葉を口にされた。

「月と星と世界樹――そして、我が神祖様に誓うよ。シセ・グレンビシーは命が続く限り、ティナ・ハワードの力になろう」

桁違いの魔力が内庭を花畑に変えていく。

……この人は、ずっとずっと悔いて生きてこられたんだな。

ティナもそれを感じ取ったのだろう、元気よく頷く。

「はい、有難うございます。シセ様。きゃっ」

大魔法士様は公女殿下を抱き上げてその場で回転し、愛おしそうに目を細められた。

「……良い子だねぇ。ローザの娘とは思えないよ。あの子ときたら、綺麗なのは外見だけで、無理無茶ばかりしてねぇ」

「シセ殿、その辺でお願いします」

明らかに延々と続くであろう思い出話を、オーレリア様が止められる。

大魔法士様は不服そうにしながらも話を止め、僕へ話を振ってこられた。

「――アレン、だったね。エリンは息災かい？」

「！ は、母を知っておられるのですか？」「えっ⁉」「ふぇ⁉」

僕だけでなく、カレンとティナも驚きの声をあげる。

ど、どうして、シセ様と母さんに接点が？

羽がないのに、身体をふわりと浮かし、大魔法士様がニヤリ。

「西方狼族、歴代随一の謡い手だったあの子に増幅魔法の手解きをしたのは、何を隠そう、このあたしさね。……あんた。【鍵】にしては随分と面倒な戦い方をしていたね？憑かれている存在といい、中々面白そう――」

足音がし、白と淡い紅の礼服を着たステラとリリーさんが内庭へ出てきた。リディヤは一緒じゃないようだ。皇宮かな？

「アレン様、ただいま帰りました」「ただいまです～」

「！？！！！」

シセ様が空中で固まり、地上へ着地。

視線の先にいるのは――アトラとリアは勿論、レナの頭も忘れず撫でるステラ。

そういえば、この前はティナとしか会っていなかったんじゃ。

「…………あぁ」

「シ、シセ様⁉」「た、大変！」

半妖精族の大魔法士様は倒れ込み、ティナに抱き留められ、ステラも慌てて駆け寄る。

う〜ん、既視感。聞いてみたいことだらけなんだけどな……。

腰から短剣を外し、僕は妹へ手渡す。

「カレン、ありがとう。助かったよ」

「……凄かったです。まだまだ兄さんには敵いません」

「そうでも」「反論は受け付けていません」

皆まで言わせてもらえず、妹は僕の右腕を拘束した。

ティナとステラは依然としてシセ様を介抱中だ。つまり。

「落ち着くまで、まだ少し時間がかかりそうですね。リリーさん」

紅髪の年上メイドさんの名前を呼ぶと、両手を合わせ満面の笑み。

「美味しい紅茶とお菓子を食べながら待ちましょう〜♪　あ、カレンさん、御相談したいことがあるんですけどぉ〜」

爛々と瞳を輝かせるリリーさんに怯み、妹が僕の背中に隠れる。

警戒心も露わに顔だけを出し、問う。

「……な、何ですか？」

「ウフフ～★とっても良い話ですよぉ～♪　さ、こっちへ～」

「………」

カレンは胡散臭そうにしながらも、リリーさんの手を取り、古教会へ歩き出した。

ルーチェの純白のお腹に飛び込む幼女達を見つめていると、オーレリア様が短く今後を教えてくれる。

「イグナの処遇は此方で。当代は明日、お話が出来ると思います」

「すみません。よろしくお願いします」

頭を下げ、僕は胸に手を押し付けた。歴史の深淵、か……。

魔杖を握り、僕は蒼空を見上げた。

＊

「……兵の数が多い。厄介な」

夜間、皇宮へ密かに忍び込んだ私――イグナ・アルヴァーンは石柱の陰で苦々しく零し、外套を羽織り直した。大型軍用魔力灯を避け、腰の双剣が音を立てぬよう『黒花』が拘束されている魔牢に続く秘密の入り口へと急ぐ。

かつて、世界を征した『ロートリンゲン』の後継を自称するユースティン帝国。

数多の内乱を乗り越えてきた皇宮の歴史も必然的に古く、改築に次ぐ改築の結果、今では使われていない通路も多い。

八大公家の内、今や世界の表舞台に残る唯一の家たる『アルヴァーン』も、皇宮建築に関わった経緯があったらしく、書庫には古い図面が遺されていた。

そのお陰で本来は入れぬ筈の魔牢にも立ち入れる訳だが……明日以降、自分の身に下されるであろう沙汰を考えると、身体の震えが収まらない。

幼き頃より――ただただ、『勇者』になることだけを目指してきた。

古より伝わる古称号と始祖が遺したと伝わる聖剣『黒夜』を継承出来るのは、一族の内たった一人だけ。

剣技を磨き、魔法を磨き、身体を鍛え、書物を読み、心を鍛える。

候補者達との苛烈な競争に膝を屈しそうになるも、前へ、前へ、と進み続け……昨年十五にして、ようやく、ようやくっ！　私は次期『勇者』候補筆頭となった。

だが、その立場は今や薄氷だ。

「絶対に……絶対に許せるものか、そんなことっ」

――アリス様がウェインライトの王都にて『七竜』の一角たる黒竜を退けられた。その際、リンスターの公女と名も知れぬ十三の少年と共闘されたらしい。

一族の間でそう噂になったのは、今より五年前だったか。

当初は偽りだと思った。

アリス様の力は星全体にすら影響を及ぼされる程、強大だ。

神去りし世を生き、現代の魔法体系確立に重きをなした大魔法士【紅炎】を家祖に持つリンスターの姫はともかくとして……一介の平民が、肩を並べて戦えるわけもない。

だがそれ以降、皇都の私の耳にも、その少年の噂はしばしば届くようになった。

黒竜、吸血鬼、悪魔、魔獣。世界の裏で蠢動する数多の組織を退け、時に打倒。

狼族の養子だという、私と然程歳も変わらぬ少年は、何時しか『剣姫の頭脳』と呼ばれるようになり……アリス様が嬉しそうに笑みを零されることが増えていった。

同時に不吉な推測も。

『当代様は称号と剣を『剣姫の頭脳』に託すつもりではないか？』

神去りし世界の安寧と均衡を維持する『アルヴァーン』の役割は重大だ。

それを、血の繋がりもない狼族の養子に？　あり得ないっ！

かといって……アリス様が『勇者』の継承について直接明言されたことはなく、私は鬱屈したものを抱えつつ、頭の片隅に追いやってもいた。

称号と雷龍の剣『黒夜』は、千年以上に亘り代々『アルヴァーン』の者が継いできた。

その原則が破られることはないだろうし、実力だって私の方が遥かに上の筈……。

しかし、私は奴の妹と教え子に対し敗北を喫し、奴本人にも正面戦闘で敗れた。

継承候補から外されるのはほぼ確実だ。

最早、躊躇っている場合ではない。……ないのだっ。

「…………」

唇を引き結び、私は皇宮外れの古井戸近くで身を潜めた。

魔牢へと続く秘密の入り口がある石廊を警備の兵達が完全武装で歩いて行く。

「――おい、もう聞いたか？」

「何がだ？」

口調こそ軽いが、両者の佇まいは熟練のそれ。装備からして、精鋭として名高い親衛騎士団所属の者達か。

壮年の騎士が声を潜める。

「ここだけの話、魔牢に入っているチビ。あいつの移送日が決まったらしい」

「……皇都を襲った連中の一人なんだろう？　大丈夫なのか？？」

応じた同年代の騎士が懸念を露わにし、周囲を見渡した。『黒花』の脅威は間接的ではあるものの、流布されているようだ。

……移送日が決定。本格的な尋問を開始する肚か。

「皇都には老元帥閣下がいらっしゃる。心配するだけ無駄だろ」

「確かにな」

騎士達がやり取りをしながら、遠ざかっていく。

帝国軍大元帥『陥城』モス・サックス。

ララノアの英雄『天剣』と幾度も相対し、生き残った歴戦の老将。

……あの男ならば勝てるのだろうか？

自身の魔力は常人以下だが、魔法制御に異能を示し、得体の知れぬ銀腕輪を身に着け、謎の魔杖を操るあの『剣姫の頭脳』ならば。

「……足りない。私には力がっ。奴に勝つ為には……」

私は身を屈めたまま、石廊の一番奥を目指す。

そこに魔牢へと続く、隠されし秘密の階段があるのだ。

──カツン、カツン。

魔法で手元に灯した僅かな光を頼りに、私は闇が支配する不可視の螺旋階段を一段一段下りてゆく。足音が響く度、身体に緊張が走る。

此処へ来るのは二度目となるが、まるで慣れない。余りにも不気味だ。

永遠とも思える程の階段にも果てはあり──やがて、私は底に辿り着いた。

「………………」

本当に進んで良いのだろうか？　引き返した方が良いのではないか？

逡巡を振りほどき、私は魔牢の前へと進んだ。

「……来たか。待ちくたびれたぞ、アルヴァーンの小僧」

闇の中から掠れた男の声がした。三日前より更に弱弱しく、今にも死にそうだ。

その場で立ち止まり、躊躇い混じりに問い返す。

「お前は力を……『剣姫の頭脳』に勝てる圧倒的な力を本当に与えられるのか？」

くぐもった声にもならない嘲笑。鎖の音を耳が捉える。

小さな灯りを掲げると「……っ」イオの双眸が狂気の光を反射させた。

「私を誰だと思っている？　大陸最高の魔法士──『黒花』イオ・ロックフィールドだぞ？　児戯だ」

聖霊教使徒次席とは名乗らないのだな。

そんなことをふと思い、私は灯りを少しだけ強める。

「……その様でか？」

無数の鎖に拘束されたイオの姿は以前と変わらず、悲惨そのものだ。

死なない程度に止血こそされているが、長く生きられるとは思わない。

半妖精族を追放され、使徒へと堕ちた男が唇を醜く歪める。

「クックック……言ってくれるではないか。大方『剣姫の頭脳』に勝負を挑み、完膚なきまでに敗北を喫したのだろう？　あの男の魔法制御は大陸でも有数だ。戦闘経験に乏しいお前の如き小僧では奴の実力の底すら探れまい」

「……黙れ」

怒りの魔力で手の灯りが燃え上がった。

「一族以外に敗北したのは初めてか？　私が慰めてやってもいいぞ？　ん？？」

「黙れっ！」

理性が沸騰し、魔牢へ拳を叩きつける。

荒く息を吐き、私は髪を掻き乱して背を向けた。

「……止めだ。私はどうかしていた。どう足掻いても貴様は其処から出られない。ならば、力云々も画餅。敗北を受け止め、一歩一歩鍛錬を積み上げ何れ奴に勝――がっ⁉　き、きさま……な、なぜ、うごけ………」

突如、首を絞めつけられ私は激しく藻掻き、驚愕した。

動けない筈のイオがどういう手段を用いたのか、鎖を引き千切り、それだけでなく魔牢の一部をも刳り貫き、私の首へ血塗れの手を伸ばしていたからだ。

左手は半ばから石化し、漆黒の魔法式が蠢いている。

その間にも、少しずつ両足が冷たい地面を離れていく。

い、いき、が……。

「嗚呼、感謝する。感謝するぞ、イグナ・アルヴァーン。こういう時に備え『切り札』は心臓に刻んでいたのだがな……聖女の言っていた通り、此奴等はとんでもなく大喰らいで、少々足らなそうだったのだ。その分はお前の『血』で贖うとしよう」

「っ！　～～～っ‼　はな……ひっ」

イオの影から数えきれない灰黒の石枝が飛び出し数十の【狼】の顔となり、私の身体を喰らい始めた。

激痛で悲鳴をあげようとするも、魔力が一気に奪われ意識が遠のいていく。

い、けない……。こ、このおとこを外に出して、は………。

視界が漆黒に染まる中、使徒の哄笑が魔牢内に響き渡る。

「私が死にかけで動けないと思い込んだ、愚かな愚かなお前のお陰で——私は復讐の機会を得られそうだ。……全てを」

両手の力が抜けていき、落ちる。もうしわけ、ありません……ア、リスさま………。

正気を喪ったイオの恐るべき独白が、最期に耳朶を打った。

「この世の全てを『石蛇』と『冥狼』へと捧げ、喰らってやろう。全員——掃滅だ」

第4章

「まったく、相も変わらずユーリー陛下にも困ったことだ。この老骨めを未だに酷使されるのだから。私とて、そろそろ隠居したいのだが……」

皇宮に程近い、帝国軍総司令部の一室。

私——帝国軍大元帥モス・サックスは白髭を傷だらけの手でしごき、愚痴を零した。

内乱を鎮めて以来、五十余年に亘って使い続けている黒檀の机を指で叩き、今朝方、ユーリー・ユースティン皇帝陛下より告げられた難題について考え込む。

「……『黒花』を厳重に拘束した上で魔牢より地上へと移送。『花天』より前に尋問せよ、とは。可能ではあるが……」

昨今、大陸西方で蠢動してきた聖霊教の使徒共。その次席たる『黒花』イオ・ロックフィールドは単独で各国の貴族、勇将を暗殺してきた強大な半妖精族の魔法士だと聞く。

そのような者を半死半生であっても果たして出して良いものか……。

無論、帝国の暗部たる皇宮地下の地に留めおけば、遠からずあの使徒は死ぬだろう。

魔牢で人は長い時間、正気を保ってなどいられぬ。尋問等論外だ。

総白髪の頭に触れ、陛下の言葉を思い出す。

『現状、我が国は王国へ借りを作り過ぎておる。講和条件を、シキの地の割譲程度で済ませられた故な。新たな情報を得て手札としたい』

我が主の視野は依然として広く、老齢に達しても衰えはない。

対聖霊教、その戦後を見据え、次世代の為に外交上の得点を稼いでおく。……必要な行為かもしれぬ。問題は、今回も私が当事者の一人である点だが。

「……本当に困った御方だ」

軍服に皺が寄るのも構わず、私は背もたれに老いた身体を預けた。

窓からララノアのある東方の空を見つめていると、入り口の扉がノックされた。

座り直し、私は威厳を持って返答する。

「入れ」

「失礼致します」

きびきびした様子で部屋に入り、扉を閉めると、白金髪の青年騎士——若き親衛騎士団団長カール・ラビリヤはすぐさま私へ敬礼した。騎士服と腰の騎士剣が様になっている。

「大元帥閣下！　親衛騎士団の選抜、完了致しました。編制を御確認ください」

「御苦労」

鷹揚に返事をすると、帝国軍の若手筆頭たる青年騎士は机の前まで進み、書類を差し出した。すぐさま目を通す。

全員が戦場経験者……妥当な面子だ。一人を除けば。

「貴官自ら参加しなくても良いのではないか？　陛下に押し付け――うぉっほんっ。指名を受けたのは私だけだ。魔牢から地上独房への移送という、面白味もなき任務ぞ？」

「御言葉ですが、閣下」

皇宮の女官達に人気だという、貴公子にしか許されぬ爽やかな笑みを浮かべ、青年騎士は踵を合わせた。

「帝国全軍の指揮権を任されて久しい御方が参加される重要な任であります。私のような若輩者が一人二人増えたところで、何も問題はないと愚考致します！」

「……貴官は少し真面目過ぎるな、ああ、責めているわけではない」

頭を下げてこようとした若き俊英を制し、私は机上に両手を組んだ。

先の骨竜襲撃時に痛感したことを吐き出す。

「陛下と共に歩み早七十年。陛下は『隠居する！』と毎日のように叫ばれながら、恐ろしく御元気だが……私も相応に老いた。此度の任を以て、退こうと思うておる」

想像外だったのか、青年騎士は大きく頭を振った。

困惑した様子で私と目を合わす。

「そのような……。閣下は先だって、三頭の骨竜を見事討伐されたではありませんか！」

「違う。……違うのだ、カール・ラビリヤ」

青年騎士の言葉を遮り、私は皺だらけの左手を振った。

脇の『陥城』の柄を握り、骨竜襲撃の晩の事実を伝える。

「あの戦果は王国の強者達から譲られたものに過ぎん。帝国の皇都で、仮にも帝国大元帥が恥をかくわけにはいくまい？　王国と帝国との間には今やそれ程の差があるのだ。急ぎ人を育てねばならぬ。我等と国境を接しておる『仮想敵』が北方蛮族共だけの内にな」

現在、ヤナ・ユースティン皇女殿下付として王都にいる我が孫、フスは一族最優。

軍内にも若き人材は多い。が……相手を考えればまるで足りぬ。

引き出しを開け、『極秘』印が捺された報告書を取り出す。

——表題は『王国某人物について』。

「そのような顔をしてくれるな、カール。少なくとも皇宮に詰める者達にとっては朗報となろうよ。陛下の小言を聞く役割をこの老人へ押し付けられるのだからな」

「そ、それは……確かに………」

生真面目な顔で同意した青年騎士に吹き出し、腿を手で打つ。

「わっはっはっ！　言うではないか。その調子だ‼」

「え、鋭意努力を」

多少緊張も緩和されたようだ。護送隊の編制表を捲りつつ、違う話題を振る。

「もう一点。本日、皇宮で陛下と会談を行われる方々の警備体制なのだが……」

此方もある意味で生き死にの話だ。

「御命令通り、閣下の老親衛隊及び親衛騎士団から、口が堅く、帝国と皇帝陛下に精忠無比な者を選抜致しました」

「うむ。事前に伝達した通り、此度はあくまでも非公式な会談である。それでも、皇宮へ平民を入れることに、反発を覚える者も必ず出て来よう。然して……『剣姫の頭脳』殿は、各国の首脳部とも関係が深いと聞き及ぶ。妹の『雷狼』殿も王国西方の長命種族達で知らぬ者はおらぬ勇士だともな」

自ら口にするも、俄かには信じ難き内容だ。

だが……複数の情報経路から探った内容に誤りはない。瞑目し、息を吐く。

「何より――……両者共に『勇者』アリス・アルヴァーン大公殿下の御客人である。万が

一、失礼なことあらば即大問題に発展しかねぬ。心せよ」

「はっ！　今一度、徹底させます」

若き親衛騎士団団長は責任感も露わに、騎士剣の鞘を叩いた。

「ですが、閣下。その……『剣姫の頭脳』殿はいったい何者なのでしょうか？　正直に申しますと、私も事情を説明した警護の者達も……存在を心から信じ切れておらず」

「………」

無理もない。内容だけを聞かされれば、私とて相手の正気を疑っていただろう。恐ろしいことに、表に出た功績は相当抑制されたものであるようなのだが……。

陛下に至っては、

『此奴の存在は、ここ数年の王国の発展に相当寄与しておるのではないか？』

とすら推察されている程なのだ。

私は報告書をカールへと差し出した。

「こ、これは……？」

「彼の調査書だ。私見だが、読まぬ方が平和な人生であろう」

輝かしい才は時に人の人生を大きく狂わす。

……『忌み子』を既に二人も救って？　あり得ぬ。

カールは私の忠告を聞いても返してこず、深々と頭を下げた。

「拝読致します」

「酒と一緒に読む方が良いぞ。無理に酔わねば頁が進まぬ内容ばかりだ」

「ご、御助言、忝く」

青年騎士は報告書を恐々と見つめた。

脅すのはこれくらいで良かろう。カール・ラビリヤの肩を叩く。

「時代の大きな節目に出て来るものなのだ。後世永きに亘って語られる時代を代表せし存在――『大英雄』がな。『黒花』護送の任が終われば、皇宮にて話す機会もあろう」

「はっ！　楽しみにしております」

「うむ」

確かに楽しみではある。ユーリー陛下もそうなのであろう。

今となっては遥か遠き幼き日――我等は共に数多の英雄譚を読みふけり、その生き様に憧れ、生き抜いてきたのだから。

私は魔剣『陥城』の柄を握り、窓の外を見た。

黒雲が空を覆いつつある。

囚われた使徒の運命を天も儚んだものか、天候は崩れそうだった。

「はんっ。まったく、あんたは酷い男だよ、アレン。先んじて『ティナの姉である、ステラも一緒に来ています』と伝えておいてくれれば良いものを。短期間に二度、人前で醜態を晒したあたしの傷心が分かるかい？　しかも……あの子達に介抱されたんだよっ⁉」

＊

古教会の内庭に持ち出された、豪奢なソファーに座る半妖精族には見えない小柄な大魔法士――『花天』シセ・グレンビシー様は、荒々しくカップをテーブル上のソーサーへ下ろした。今日は淡い翠基調の私服に花付軍帽だ。

樹木の下のルーチェが『五月蠅い！』と尻尾を上下させ、僕の隣に座る薄蒼のセーターを着たステラは心配そうに僕をちらちら。

手で蒼翠グリフォンと公女殿下に謝る。

――朝食後、リディヤが一方的に告げてきた内容は衝撃だった。

『今日は、カレンと小っちゃいの、案内役兼護衛のリリーを連れて皇宮の老帝と会ってきなさい。その後行われる『黒花』の尋問には私達も立ち会うわ。当然、あんたに拒否権はないから。先方も教授も了承済みよ』

先日、皇宮へ行かなかったティナはともかく、『姓無し』の僕とカレンまで行くことになるとは。いったいどういう交渉が裏で行われたのやら。今朝方、急遽ラノアに発たれたというグラハムさんも関与していそうだな。軍都へ出かけていった、教授も。

意外だったのは、カレンがすんなりと賛成したこと。

『私は兄さんの為なら何処にでも行きます』

リリーさんやアンナさんの表情からして、事前に篭絡されていたようだ。……多分、昨日話していた時か。今はやけに浮き浮きだったティナ達と着替えに行っている。

アトラ達も眠ってしまったし、起きてきたアリスも『紫がぅがぅを見て来る』と中に行ってしまった。僕に味方は誰もいない。

まだ、ララノアから呼ばれた理由自体、教えてもらっていないのに……。

もう二度と着まい、と決意していたリンスター公爵家特注の礼服に、精神的な重圧を感じつつ、僕はシセ様へ反論した。

「いえ、ですから……シセ様がステラを見て今朝まで寝込んでおられたので、伝える間がなかったんですよ。昨晩から行方不明のイグナを捜してもいましたし」

「それをどうにかするのがあんたの仕事だろう？　あたしは今日この後、馬鹿弟子を魔牢から引きずり出さなきゃならないんだ。ティナ達とゆっくり話も出来やしないっ！」

「ええ……」

余りにも理不尽な物言い。イオの尋問の件も初めて聞いたんだけどなぁ。

二の句を継げないでいると、魔力の余波で地面が季節外れの花に覆われていく。

花付軍帽を指で回し、シセ様は先程から僕を観察中の公女殿下に釘を刺された。

「ステラ、いいかい？　男は甘やかしてばかりじゃ駄目だよ。先代の『流星』も女難でねえ……。『彗星』と『三日月』は奥手だったし、何時もヤキモキしていたもんさ。ま、引っかかった中にチセもいたんだがね」

「は、はぁ……」

ステラは困った顔で頷き、大皿のチーズケーキをナイフで切り、小皿に取り分けた。

レティ様と本物の『三日月』アリシア・コールハートの話は興味があるけれど……紅茶へ普段よりも多い砂糖を入れ、抗議する。

「シセ様、ステラに変なことを教えないでください」

「はんっ。あたしは事実しか言っていないよ。正直者だからね。【双天】と【天使】だって、そう言っているじゃないか？　――で、何の話をしていたんだっけね？」

右手薬指の指輪と腕輪が同時に瞬いた。大変遺憾だ。

ティースプーンで紅茶を掻き混ぜる。

「先日……【本喰い】でしたか？　その人物が遺した禁書を狙って古教会を襲撃。貴女とアリスによって撃退された、イオを除く聖霊教の使徒達についてです」

「アレン様、どうぞ」

ステラがチーズケーキの小皿を渡してくれたので「ありがとうございます」と感謝を伝え、紅茶を一口飲む。少し砂糖を入れ過ぎた。

「貴女様は長年に亘り、何かしらの理由で月神教の『背教者』を追われていた。そのことは水都旧市街、ニッティの書庫に残されていたローザ様のメモを読み、理解しています。そして、聖霊教使徒首座であり、『賢者』を名乗るアスター・エーテルフィールドがその人物であると僕は思っていたんですが……」

カップをソーサーへ置き、反応を窺う。

アスターの正体が確定出来れば、それだけで皇都へ来た甲斐がある。

「そうかい、ローザのメモが……」

樹木から伸びてきた枝に花付軍帽を掛け、シセ様は遠い目をされた。

水都を思い出されているようだ。

「結論から言うよ。あの晩、あたし達と交戦した自称『賢者』と自称『三日月』は本人じゃない。別人さ。外見、喋り方、背丈、使う技と魔法は酷似していたがね」

「……『賢者』と」「『三日月』が別人……？」

僕とステラは顔を見合わせた。

どういうことなんだ？　レティ様も水都で吸血姫を偽物と断じられていたけれど。

紫髪を結んだ翡翠色のリボンに触れ、シセ様が続けられる。

「前者の正体は分からない。……名前も違う。氷属性をあれだけ扱う魔法士となれば、限られる筈なんだがねぇ。ただ、後者の吸血姫は『コールフィールド』に列なる者さね。戦場に悪趣味な黒傘を持ちだすのは奴等しかいない。今じゃ、王国西方に住む者でも忘れ去られたことだが、私は知っている。アリシアは『コールハート』出身で、母を間接的に殺した本家を骨の髄まで恨みぬいていた。あんな物、死んでも絶対に使いやしないよ」

「「…………」」

静かな、けれど激しい怒りに僕とステラは黙り込む。

魔王戦争を共に駆けた戦友の偽者、か……。

植物たちがざわつく中、会話を引き取る。

「僕は工都の黒扉を閉じた際、世界の八ヶ所に『儀式場』を造ったというロス・ハワードに会いました。彼は『神杖』の子等が笑えるよう、『儀式場』を使う者達を止め、【黒扉】

を閉めてほしい』と。そこで――教えてもらったんです。【賢者】アッシュフィールドと【月魔】アッシュハートは世界の根幹を知っていて、シキの書庫に資料がある、と」

シセ様が紫の双眸を瞬かせ、ステラも瞳を大きくさせた。

花付軍帽を被り直し、大魔法士様は腕を組まれ、

「……あんた、自分が何を言っているのか理解して……いや、まさか」

ブツブツと呟き、自分の世界へ行かれてしまった。

次いでステラがおずおずと質問してくる。

「アレン様、もしやその御方は……」

「うん、ステラ達の遠い遠い御先祖様だね。本人は家祖を名乗っていたよ」

「家祖様、ですか？　家系図にも載っていませんでした。本当なら父が喜びます」

白蒼の雪華がキラキラと舞い踊り、ティナと同じく前髪も揺れた。姉妹だな。

「ん――多分、本人」

ステラへ反応を返す前に、隣の椅子に白金髪の勇者様が腰かけた。

……一切の気配無し。

僕のチーズケーキを手づかみで食べつつ、アリス・アルヴァーンが続ける。

「神代の魔法は得体が知れない。そういうものもきっとある。シセ、この程度で驚くなん

て情けない。私のアレンは四英海、『天魔の島』の【黒扉】すら潜っている。チーズケーキ、もっと」

「おかえり、アリス。ティナとカレンは一緒じゃないのかな？」

ナイフでチーズケーキを切り分けるや、アリスはすぐさま手に取った。

……ちょっと食べ過ぎかも。

「同志と私の敵第三号の着替えは終わった。紫がぅがぅはもう少しかかりそう。紅い弱虫毛虫とメイド達が張り切ってる。みんな……目が爛々。怖い」

「……そっか」

カレン、大丈夫かな。

今でこそ、ステラ、フェリシアという親友も出来、リディヤ達共、良好な関係を築いているとはいえ、小さな頃は僕にべったりで人見知りする子だったのだ。

そう言えば――ようやく、アリスと立会人のシセ様が揃ったな。僕を呼んだ理由を教えてもらわないと。

ずっと考え込まれていたシセ様が、片眉を上げられた。

「……あそこの生きていた【黒扉】を潜っただってぇ……？　ああ、だから【双天】と大精霊達がそこまで力を貸して。工都でも扉を閉じたというのなら……。魔王の魔力を極々僅かだが感じ取れたのはそういう理由だったのかい。疑問が氷解したよ」

一部の言葉は理解出来ない。【黒扉】を潜るのと魔王の魔力が関係を？

脳裏にメモを残し、伝達しておく。

「あ、魔王とは工都で共闘しました。成り行きですけど。魔力はその時のものなんじゃないかと。ロスと会った時も一緒でしたし」

「「「！」」」

シセ様とステラ、アリスですら固まった。

いち早く立ち直った公女殿下が礼服の袖を摘まみ、おずおずと聞いてくる。

「ア、アレン様、それはどういう……？」

「リルですよ、ステラ。白猫のキフネさんを連れていたあの子が魔王様だったんです。……ロスの口振りからすると偽名で、本来の姿じゃないみたいでしたけどね」

「……む～」

驚きから、不服へと表情を変え、ステラは唇を尖らせた。

わざわざ移動し、僕の左隣の席へ。あ、あれ？　怒っている？？

「そのこと、リディヤさん達や、ティナも知っていたんですよね？」

「あ、はい。建国戦争記念府の地下で【偽神】と戦った面々には教えましたけど」

「……ズルいです」

最早、拗ねを隠そうともせず、ステラは子供のように唇を尖らせた。

左袖を摑み、上目遣い。

「ティナに教えて、私に教えて下さらないのは、イヤです。……アレン様にとって、私はその程度の存在なんですか？」

「え、えーっと、そんなわけじゃ………」

「アレンが悪い」「ステラを泣かせたら、折檻ぞ？」

復帰したアリスとシセ様が参戦してきた。多勢に無勢。勝ち目無し。

植物魔法で花を生み出し、ステラの前髪に着け謝罪する。

「降参、降参です。今後は気を付けます」

「――よろしい、です」

ステラはふんわりと笑みを零し、名残惜しそうに左袖から手を離した。

シセ様が足を組まれ、処置無し、とばかりに両手を軽く挙げられる。

「あんた、『最後の鍵』だとしても、とびきり変な男だねぇ。大精霊『雷狐』『炎麟』に、星果ての地より来し寂しがり屋の『氷鶴』を従え、人族の極致【双天】に気に入られ、【蒼薔薇の再来】ことカリーナ・ウェインライトの加護を受け、魔王とも共闘？　戦い方もらしくないし、何者なんだい？　**『【鍵】は敵の魔力を根こそぎ喰らうもの。魔法式に介入させるべからず』**とあたしやチセが幼い頃は教わったもんだった」

星果ての地。また知らない言葉だ。

あと、寂しがり屋……レナ、どうやらバレているよ？

ティナの中ですやすや寝ているであろう幼女に内心で話しかけ、僕は苦笑した。

「そう言われましても。僕は普通の狼（おおかみ）族ですよ」

「アレン、厳しい」「寝言は寝ていいな。いいや、寝言でもあたしは許さないね」

勇者様と大魔法士様にあっさりと否定される。き、厳しいなぁ。

小さな氷鏡に前髪の花を映していた少女が、紅茶を飲みながら一言。

「アレン様、過度な卑下は、めっ、です」

「ス、ステラまで。嗚呼（ああ）、僕の味方はルーチェだけ……」

樹木の下で丸くなっていた純白の蒼翠（そうすい）グリフォンは顔を上げ、否定の一鳴き。くっ。

「ん。ルーチェはいい子」「はんっ。戯言（ざれごと）だねぇ」

アリスが頷き、シセ様が愉悦を零された。嗚呼、空が青いなぁ。

「……話を戻しても？」

「ん」「早くしな」

意趣返しでルーチェの周囲を満開の花で覆い、両手を軽く挙げる。

「……聞きたいことは山積みなんですよ。『大精霊』と『大魔法』。『七竜』『意思持つ神杖』『八大公家』『儀式場』『シキ家の書庫』。『フィールド』と『ハート』。『月神教』。【氷龍】誕生の経緯や、ウェインライト家祖の【蒼薔薇】の企て。シセ様と僕の母との出会いも教えてほしいですし──『鍵』についても同様です」

口にするだけで途方に暮れる。聖霊教の『偽聖女』との情報差は絶望的だ。

アーサーと話す時間がもっとあれば。だけど、今は。

「何より、貴女様とローザ様の旅の話を聞きたいですね」

「っ。……アレン様」

ステラが息を呑み、瞳を潤ませた。

ローザ様の情報はとても少ない。『花天』様に直接話を聞く機会も……今後そうそう訪れないだろう。

シセ様が辛そうに顔を歪められ、賛嘆を漏らされる。

「……よくそこまで。長くなるよ……？」

「聞きますよ。ステラ、ティナと一緒に」

「……考えておく。少し時間をおくれ」

「勿論です」

　ティナと出会った時の取り乱されようから見て、シセ様にとってローザ様との別れは、痛恨だったに違いない。

　心の傷の中には時間で癒えないものもあることを、僕は知っている。待つしかない。

　僕はステラへ目配せし、次いで白金髪の勇者様にも頭を下げた。

「アリスも教えられる範囲で教えてほしい。体調優先でね」

　昨晩、オーレリア様から告げられた。

　少しずつ……でも確実にアリスは眠る時間が増えてきている、と。

　白金髪の少女が微かに表情を崩す。

「アレンは過保護。『勇者』は戦うことが本分」

「そんなことを言う子にはチーズケーキを焼いてあげないよ？」

「！？！！　ひ、卑怯っ」

「うんうん。そうだね。さ、いい加減、僕を呼び寄せた理由を教えておくれ。立会人のシセ様もいらっしゃる内に」

「はぁ？　何だい、立会人って。あたしは聞いてないよ？？」

　大魔法士様が怪訝そうな顔になり、アリスへ視線を向けた。

まさか、当の本人に伝えていない？　そんなに話し難い内容なのか？？

白金髪の少女は渋い顔になり、プイっと顔を背けた。

「……アレンは意地悪魔法使い。そんな子には『白夜』を授ける」

少女が手を翳すと、光を放ちながらティナとアトラ達がここ数日抱きかかえていた光龍の剣が現れ、僕の手元に降りてきた。

授ける、と言われてもボロボロで使えないんじゃ……。

戸惑っていると、アリスに促される。

「早く抜いてみて」

「え？　う、うん」「………………」

シセ様が紅茶へ山盛りの砂糖を入れるのを横目に見つつ、剣をゆっくりと引き抜く。

光が溢れ――純白の剣身は桁外れの魔力で輝いている。どういうことだ？

半妖精族の大魔法士様に視線を向けると、足を組まれた。

「この場所はアルヴァーンの『墓所』。精霊が桁違いに多いんだよ。『律』が崩れている今の時代にあってもね。まして――そいつは古の時代に、アルヴァーンから持ち出された【雷姫】の愛剣だろう？　ティナと大精霊達が抱いていれば回復するのも道理さ」

「は、はぁ」「【雷姫】様って、絵本に登場する？」

訳が……いや、炎剣『従桜』が復活した、というのと同じ理屈か？

その場にいたらしい師匠と話す機会があれば。

剣を黒鞘へ納め、再交渉を試みる。

「ねぇ、アリス……」「受け取らない」

「いや、でもさ」「使わない時は仕舞っておけばいい。【双天】の魔杖と同じ」

「…………」

駄目だ。僕じゃアリスを説得出来ない。どうしたものか。

悩んでいると、複数人の足音が耳朶を打った。

「先生、お待たせしましたっ！」「うふふ～♪　完・璧です☆」

振り返ると、蒼のドレスに着替え浮き浮きなティナと、淡い紅のドレスのリリーさんが両手を合わせ、満面の笑みを浮かべていた。

「に、兄さん……あの…………」

少し遅れて歩いて来たのは、恥ずかし気に目を伏せながらも、期待と不安に揺れ動く、大人びた紫のドレスを着た狼族の少女だった。

胸元には僕が贈ったネックレスが輝いている。

「綺麗……」

まったく同感なステラの呟きを聞きながら、僕は妹に近づき、手を取った。

「カレン、とても似合っているよ。まるで絵本から飛び出してきたみたいだ」

「……あ、ありがとうございます、兄さん」

カレンは頬を染め、嬉しそうに獣耳と尻尾を揺らした。

僕の妹は世界で一番可愛い！

——手を叩く音がし、みんなの視線が古教会側へと集中した。

そこにいたのは剣士服のリディヤ。オーレリア様とアンナさん達はまだ中らしい。

長い紅髪を手で払い、御機嫌よろしからずな公女殿下が僕へ指を突き付けてくる。

「ほら、遊んでいないで、とっとと皇宮へ行って、とっとと帰って来なさい。——その様子だと、チビ勇者はまだアレンを呼んだ理由を話していないみたいね。いいわ。その間、私とステラで話を」

「紅い弱虫毛虫、見ろ」「おっと」

最後まで言わせず、アリスが僕に剣を投げ渡してきた。

咄嗟に受け取ると、リディヤを真似たのだろう、白金髪を手でわざとらしく払い、勇者様は薄い胸を張り勝ち誇った。

「アレンは『アルヴァーン』の剣を使う。——『リンスター』じゃない。これは最終決定事項。悔しい？」

「っ！」

無数の炎羽が顕現し、リディヤの紅髪が魔力で立ち上がった。あ、まずいや。

僕はティナ達に目と手で合図をし、『剣姫』と『勇者』から距離を取る。シセ様も察してくださったのか、十重二十重に結界が張り巡らされた。

リディヤは腰の魔剣『篝狐』を抜き放ち、口元を引き攣らせる。

「こ・ろ・す★」

「弱虫毛虫じゃ永劫不可能」

二人がじゃれ合いを開始し、一気に騒がしくなる。会話も出来ない程だ。

シセ様は顔を顰め「……困った子達だねぇ」結界内に入っていかれた。轟音が消失し、声も通るようになる。イオへの尋問はもう少し後になりそうだ。

アリスの体調は気になるけれど、

「こ、このっ！　チビ勇者っ‼」「甘い。温い。アレンはあげない」

やり合う二人は心底楽しそうだし、問題ならオーレリア様が止めて下さるだろう。

僕は立ち上がり、少女達を促す。

「カレン、ティナ、リリーさん、それじゃ行きましょうか——皇宮に」

「はい、兄さん」「先生、後で私と踊ってくださいっ！」「あ、私もお願いします～♪」

リディヤに教え込まれた技術の一つが役に立ちそうだ。

ちらちら、とカレンも僕を見ているので、もしかしたら踊りたいのかな？　帰って来たら、誘ってみよう。

僕は『白夜』を一先ずテーブルへ置き、薄蒼髪の公女殿下へお願いする。

「ステラ、留守を頼みます。すぐ帰って来ますよ」

「はい、アレン様、お気をつけて。戻られたら──私とも踊ってくださいね？」

*

警備役の壮年騎士に通された皇宮の石廊は古く、所々苔生していた。

装飾はなく、頑丈そうな天井と柱についた幾つもの傷や燃えた痕跡、遮蔽用の鬱蒼とした樹木から鑑みるに、内乱時代は皇族の避難路だったのだろう。

僕は石柱に触れ、隣の少女達へ提案する。

「王宮とは随分違いますね。警備の方の姿もありませんし。……何だか緊張してきました。僕は此処でみんなの帰りを待っていても？」

すると、カレン、ティナは腕を組み、リリーさんは両手を合わせた。

「兄さん」「先生」「アレンさぁん～？」

「「うろちょろしない」」

「……はい」

逃げ切れないようだ。

皇帝との謁見、かぁ……後でリディヤに文句を言わないと。教授は王都に帰り次第、覚悟してもらおう。

「兄さん、行きましょう」

「……分かったよ、カレン」

極々自然な動きで僕の左腕を取った、ドレス姿の妹に促される。

重い足取りで歩みを再開すると、僕とは反対に軽い足取りでティナが前へ出た。魔杖を背負っていないのが新鮮だ。

「だけど、意外です。先生にも苦手なことがあるんですね☆」

「……ティナ、僕を何だと思っているんですか？」

「えへへ～♪」

困った公女殿下だ。右手の甲には『氷鶴（ひょうかく）』の紋章も輝いている。

……レナ、今晩はお菓子抜き。

僕が決意を固めていると、年上メイドさんが左側からひょこりと顔を覗かせた。

「それはそうと、カレンさん★」

「……何ですか、リリーさん？」

妹が警戒を露わにし、抱き着く力を強める。

しかし、皇宮に入って以来、密かに全周警戒網を敷いてくれている年上メイドさんは、笑顔を崩さないまま指摘してきた。

「アレンさんにくっつき過ぎでは～？」

「！　……こ、これはその……そう。に、兄さんが逃げ出さないよう拘束しているんです。なので、離れるわけにはいきません」

言い終えると、カレンは僕の表情を不安そうに確認。

一緒にこれまで多くの信じ難い経験をしてきたとはいえ、妹が皇宮のような場所を訪問するのは初なのだ。

妹の言葉を聞いた紅髪の公女殿下は花飾りを煌めかせ、得心した様子で顎に人差し指をつけた。

「なるほど～。では——私も拘束に参加しますね♪」

「え？」「リリーさん？」

姿が掻き消え、右腕に柔らかい感触。不覚にもドギマギしてしまう。

短距離転移魔法を使いこなし過ぎだっ！

花の香りが鼻腔をくすぐる中、状況の変化に気づいたティナが叫び声をあげる。

「あー！　カレンさん、リリーさん、ズルいですっ!!　不公平ですっ!!!」

僕の両腕を奪取した妹と年上の少女は顔を見合わせ、

「──ふっ」

同時に嘲笑した。この二人も仲が良いんだよな。

薄蒼髪の公女殿下は愕然とし、地団太を踏む。

「き～！」

石畳の廊下が一部凍結し、氷華も舞い始める。

『～～～っ』

各所から強く動揺した魔力を感知。警備の騎士達だろう。

僕はティナの魔法に介入して氷華を消失させ、小声で囁く。

「(ティナ、静かに。──聞かれています)」

「(！　は、はい)」

こくこく、と頷いた薄蒼髪の公女殿下は僕の後ろに回り込み、礼服の袖を摘まんだ。

……歩き難いんだけどなぁ。

言いだせないまま暫く石廊を進んで行くと、出口が見えてきた。

「着いたみたいですね」

樹木に呑み込まれつつある大理石製のアーチを潜り抜けると、広がっていたのは冬の陽光が降り注ぐ円形の内庭だった。

各所に魔石が埋め込まれている為だろう、寒さは感じない。

「わぁ……」「皇宮の奥にこんな場所が……」

北都で植物の研究を行っていたティナが瞳を輝かせ、カレンも驚く。

二人に見えないよう、僕はリリーさんと目と手で会話。

『何もないと思いますが、警戒は怠らずにお願いします』

『分かっています。万が一の時は私が殿を務めますっ！』

頼りになる年上メイドさんだ。

勿論、殿はさせられないけれど……右手の腕輪を翳して謝意を示し、周囲を見渡す。

樹木の枝に覆われているが、古びた石柱が合計で八つ。

……この構造、リディヤの言っていた通り『儀式場』に似通っている？

僕が黙考していると、カツン、カツン、という石畳を叩く杖(つえ)の音が耳朶を打った。

「おお、来たか。新しき王国の英雄殿」

嗄(しわが)れた声に僕は意識を戻し、目線を向けた。

内庭の奥から、護衛もつけず単独で姿を現したのは、白金髪で短軀(たんく)。余り似合っていない豪奢(ごうしゃ)な礼服を身に着けた老人。武装らしい武装は腰の短剣だけだ。

老人は双眸(そうぼう)に底知れない知性の光を湛(たた)え、口角を上げた。

「会いたいとずっと思っていた——ユーリー・ユースティンだ。七面倒な皇帝を、五十年以上やっておる」

「東都狼(おおかみ)族のアレンです。この子は妹のカレンです。今日はお招きいただき——」

皺だらけの手が前に突き出される。

「堅苦しい挨拶は不要。よく知っておるよ。『西方単騎行の勇士』殿であろう？　無理を言って済まぬな」

「！　い、いえ……」

大陸西方三列強の一角、ユースティン帝国の皇帝が自分の名を認知している。

驚天動地な事態にカレンは驚きを隠せず、僕の背中に半歩隠れた。

リディヤやシェリルはいざ知らず……僕達のことを調査していたのか？

心の内で警戒度を一段階上げ、薄蒼髪の公女殿下を目で促す。

ティナはスカートの両裾を摘まみ、挨拶。

「ハワード公爵家次女のティナと申します。アレン先生の指導を受けています」

「うむうむ。『聖女』殿といい、ハワード公は良き子等を持たれた。――奥へ来てくれ。『黒花』への尋問立ち合いは、話の後でも良かろう？」

「はい、皇帝陛下」

石製の天井がかけられた内庭中央には、豪奢極まるテーブルと椅子、ソファーが持ち込まれていた。たった今準備されたらしいカップには紅茶を注がれ、湯気が立っている。

老帝は玉座に腰を下ろし、鷹揚に左手を大きく振った。

「好きに座って良い。遠慮は無用ぞ」

「ありがとうございます」

御礼を言い、僕は対面の席に座ろうとし、

「兄さんはこっちです」「アレンさんはこっちですよ～」

カレンとリリーさんに手を引かれ、ソファーへと変更させられた。

そして左右に二人が当然の如く、着席。……あ、あれ？

一歩行動の遅れたティナが『し、しまったっ！』と瞳を大きくし、迷った挙句、カレンの隣に憤然と腰かけた。

一連の行動を観察していた老帝は、徐に顎へ触れた。

「ふむ……アレン殿は相当な女難の相と見える」

指輪と腕輪が明滅し、レナが出したのだろう氷華も微かに散る。カレンとリリーさん、ティナまでもが無言で大きく首肯。

僕は釈然とせず、否定する。

「……陛下、御言葉ですが、大変不本意です」

「色男は何時の時代もそう言うのだ。余の如き容姿に恵まれなかった者からすれば、羨望こそすれ、同情はせぬよ」

多分に私怨が混じっているような……。

そう言えば、老モス・サックスの姿がないな。護衛として控えているものとばかり。

老帝は短剣をテーブルへ放り出し、肘をついた。

「さて、貴殿を此処へ呼びよせた『八大精霊』と『八異端』について余から語る前に――一つ提案したい。我が国にとっては此方が本題なのでな」

「何でしょう？」

きっと、リディヤかステラ、もしくはティナ。大穴で教授絡（がら）みか。

百戦錬磨の老帝が口を開く。

「狼族のアレンよ、帝国に来ぬか？」

「「！」」「…………」

カレンとティナが無意識に手を握り、紅茶を飲もうとしていたリリーさんがソーサーへカップを下ろし、音を立てた。

僕は冷静に問い返す。

「どういう意味でしょうか？」

「愚者の振りをするでない。そのままの意味ぞ。帝国に来てくれるのであらば、当面は伯爵。『掃除』が済み次第、即侯爵としよう。どうか？」

「…………」

内庭を風と小鳥達の囁（ささや）きのみが支配した。少女達が固唾を呑んでいるのが分かる。

僕は老帝に黙礼し、頭を振った。

「折角のお誘いですが……お断りします」

白い眉がピクリと動き、短剣の鞘を指で叩き威圧。

「ほぉ……足りぬと？」

「まさか。名高きユーリー・ユースティン皇帝陛下に評価いただき感謝しています」

自分でも驚くほど、淀みなく答えが口をついた。

昔よりも心の中に軸が出来たのかな？　素直に理由を説明する。

「然しながら――僕はティナ公女殿下、ステラ公女殿下、エリー・ウォーカー様、リィネ・リンスター公女殿下の家庭教師であり、来春に大学校入学を控えるカレンの兄です。とても、その任に応えられるとは思いません」

「……ふむ、そうか。分かった」

カレンとティナが小さく息を吐き、リリーさんは一見『私は普通ですよ～』という風だが、明らかにミルクと砂糖の量を間違えている。

でも、老帝が諦めてくれて良かった――

「家庭教師を辞める際はすぐ報せよ。阿呆な貴族共から巻き上げた広大な領土を進呈しようぞ。その時の皇帝は余ではなく、孫のヤナ・ユースティンかもしれぬがな」

「は、はぁ……」

冗談じゃなさそうだ。後でリディヤと相談して、教授達にも報せておかないと。

僕が帝国で貴族に？　柄じゃない。

老帝は愉快そうに頰に皺を寄せ――目を細めた。雰囲気が一変し、鋭さを増す。

ここからが本番だ。

「さて、貴殿が聞きたがっている事柄の話をするとしよう。この場所――各地で似通った地を見てきたのであろう？」

「――はい」

真正面から視線を受け止める。

背筋を伸ばし、問う。

「水都、南都、王都、そして――ララノアの工都で。陛下、この相似はいったい？」

「なに、単純な話ぞ」

皇帝は双眸に、老人とは思えぬ程の強い知性の光を煌めかせた。

テーブル上の短剣を力強く握りしめ、断言する。

「困難極まりない事を、それでも成さねばならぬ時に必要なのは、幸運や神への祈りなぞではない。試行の数と、その失敗を糧に――何があろうとも前へと進む不屈の意志だ。それが常に正しいとは限らぬがな」

力強い言葉だ。

しかし——そこに込められた感情はとても複雑なように感じ取れた。

まるで、長年の秘密を告白し、楽になりたがっている犯人かのような。

老帝は短剣を手に玉座を立ち、天井を見上げた。

「この場所はそんな夢の残骸の一つ。……『月神教』から出し八人の異端者が、大陸動乱において世界を震撼させた『八大精霊』の力と、大魔法【天雷】を模し、八発の『大魔法』を創り出そうとした実験場ぞ。古の時代には『儀式場』と呼ばれておったらしいな」

『っ！？！！』

八人の異端者？　大魔法を操った英雄とされる人物達が？？

しかも……『儀式場』が此処にあっただって？

僕達の様子を一瞥し、老帝は樹木の枝に触った。

「そう警戒せずとも良い。此処は当の昔に死んでおる。謎多き『黒扉』が顕現したのも実験が行われた、四百数十年前の唯一度切りに過ぎん。地下の魔牢はその名残ぞ」

大陸動乱が起こったのは今から約五百年前。魔王戦争は二百年前。

今、語られたのは。

「つまり……大魔法が創られたのは大陸動乱後、だと？」

「うむ。『八異端』の一人たる余の先祖にして——」

ユーリー・ユースティンはそっと枝から手を離し、僕へ自らの重荷を渡してきた。

「帝国を創始せし【星射ち】の言を信じるならば、だが」

内庭を魔石でも暖めきれなかった北の風が通り抜け、頬を撫でる。

アトラやリアに以前伝えられた言葉を思い出す。私達は本当の名を奪われた。

……僕一人で受け止めるには余りにも重い。

対する老帝は軽い足取りで玉座へと戻り、心底愉快そうに左手を掲げた。

「今日、皇宮に来て良かったであろう？　ん？？」

こ、この人は。教授やグラハムさんと付き合いが長いわけだ。

息を大きく吐き、心配そうなカレン達へ『大丈夫』と目で合図。質問を重ねる。

「……このことを知っているのは」

「帝国では余とモスだけだ。口伝だからな。アリス殿やオーレリア殿も全ては知るまい。『アルヴァーン』にとって、『天雷』の式と剣の片割れを裏切者に奪われたことは恥辱な筈だからな。――ふむ？　今日、貴殿等も増えたか。礼はハワードとの仲介で良い」

「……検討しておきます。話の続きを――」

瞬間、凄まじい悪寒が背筋を貫いた。

とんでもない魔力を持つ存在が憎悪を撒き散らし、地下から迫って来る。

「リリーさん、ティナをっ！」「はいっ！」

「!?」

名前を叫びながら、僕は驚くカレンを抱きかかえ、後方へと跳躍した。

地面へ妹を降ろすと同時に、魔杖『銀華』を顕現させる。

すぐ近くでは、ティナを抱え早くもリリーさんが炎花で障壁を張り巡らせた。

右手の指輪と腕輪も激しく明滅して警告を発する中、雷龍の短剣とティナの長杖を空間から取り出し少女達へ投げ渡す。

「兄さん」「先生」

「警戒を！」

短く告げ、状況を素早く確認する。

老帝は短剣が生じさせた軍用戦略結界と異変を察知し姿を現した騎士達によって守られていた。

「いったい何が——」「**陛下っ！　お逃げ、お逃げくださいっ‼**」

主君の言葉を遮り、整った顔の青年騎士を先頭に、十数名の騎士達が血相を変えて、内庭に飛び込んで来た。全員が鎧を血で染め、治癒魔法の光が瞬き続けている。

老帝は表情を険しくし、先頭の若い騎士を叱りつけた。

「カール、騒がしいぞ。その傷はどうしたのだっ！　モスは何処だ？」

「だ、大元帥閣下は、私達を庇い奴の足止めを――」


『残念だがぁ』『!?』


ひずみ、生理的に不快を感じる気味の悪い声が轟いた。

地面が激しく鳴動し、数えきれない灰黒の枝が石畳を貫き、樹木をへし折り、天井を打ち壊して、内庭全体すらも囲み、石と闇で呑み込んでいく。

酷く……血腥い。

カレンが短剣を抜き放ち、訝し気に零す。

「植物魔法？　それにこの魔力は『石蛇』だけじゃない……？」

枝の一つが鞭のようにしなり、凄まじい速度で何かを地面へと放り投げた。

分厚いテーブルが真っ二つに断ち切られる。

「ひっ」「……………」

ティナが悲鳴を上げ、カレンとリリーさんは更に警戒度を上げた。

——刃の欠けた魔剣が地面に突き刺さる。柄の部分には握りしめたままの右腕。

玉座が激しい音を立てて倒れ、老帝は目を限界まで見開いた。

「……『陥城』……だ、と？」

記憶を探り、答えに辿り着く。

老元帥モス・サックスの愛剣だ。男の哄笑が絶望を告げる。

『あの老人ならば、もう殺したぞぉ？』

灰黒の枝が空中に集まり、『球』を形作っていく。

カレンが雷を纏い、十字雷槍を生み出し注意を喚起した。

「兄さん！　来ますっ‼」

直後、球が弾け、鋭く尖った木杭が内庭全体に驟雨となって降り注ぐ。

僕より先にリリーさんとカレンが前へと出て、炎花と雷で全てを防ぎきる。

長杖を握りしめた薄蒼髪の公女殿下が前方を指さした。

「せ、先生っ！」「ティナ、後ろへ」

僕は冷静に下がるよう命じ、地下より現れた異形の男を睨(にら)みつける。

左目、左腕、左足、黒羽はなく、蠢(うごめ)く灰黒の枝で代用され、特徴的だった白髪は鮮血交じりの灰黒色に。

瞳も光を喪い、濁り切っている。

純白の魔法衣はボロボロに千切れ、心臓部分はとめどなく鼓動を繰り返し、新たな悍(おぞ)ましい魔法式を生み出し続け、男の身体(からだ)を覆う。

この魔力、『石蛇』だけじゃなく闇属性……もう一柱の大精霊『冥狼(めいろう)』か。

大精霊と大精霊の力を同時に発動させて⁉

ゆっくりと両手に杖を生み出していく、使徒次席の名を口にする。

「『黒花(こっか)』イオ・ロックフィールド」

魔牢に囚(とら)われていた筈なのに——……老元師がこの場にいない理由は、シセ様より先に地上へ移送しようとして？

「……酷い」「……どうして、こんな」

余りの変容ぶりに、ティナとカレンも絶句したじろぐ。

老帝と騎士達は『…………』戦意を喪失気味か。

枝で作られた左手の具合を確かめ、イオは魔杖に灰黒の雷を纏わせた。

——イグナの『魔刃』。

空中の怪物は頬が裂けるのも構わず、歪んだ笑みを作った。

「皇帝を殺した後は『花天』のつもりだったが——目標変更だぁ。喰らったアルヴァーンの小僧もそれを強く望んでいる」

疑念は確信へ変わり、僕は歯を食い縛る。

この男は……昨晩から行方知れずのイグナ・アルヴァーンを喰らったっ。

怪物は自分の周囲に、『狼』の頭を象った無数の枝を生み出し、自らの背に醜い灰黒の八翼を広げ、魔杖を重ね合わせる。

紡がれているのは、二発の戦術禁忌魔法『北死黒風』だ。

「皇宮も既に封鎖したぁ。万全ではない『勇者』と、【本喰い】の禁書を守る為、アルヴァーンの古教会から動けぬであろう『花天』の救援はないぞぉ？　精々足掻いて、足掻いて、死んでいくがいい！！！」

そう叫ぶや植物達は蠢動を再開し始めた。まずいっ。

直後、イオは恍惚の表情となり――魔杖を一気に僕達目掛け振り下ろした！

＊

「なるほどね。あんたの話は理解したわ。一考に値する。ステラ、貴方は？」

「リディヤさんと同じ意見です。でも、その……本当に可能なんでしょうか？　少なくとも王国において、同様の事例は聞いたことがありません」

アリスさんの『提案』を自分の中で咀嚼し、私は両手でカップを持った。北方産だというハーブの香りは独特だ。

朝と比べ空は厚い黒雲で覆われ、気温も一気に低下してきた。

古教会内の暖炉では新しい薪が燃えている。ルーチェと一緒に上空へ散歩に行かれたシセ様、未だ屋敷に戻っていないらしいイグナさんは大丈夫かしら。

フォークでアレン様御手製チーズケーキを突き刺し、アリスさんが淡々と返答。

「ん——可能。オーレリア」

「当代の言うことに間違いありません。此方(こちら)にもはっきりと記されていますし、今の世に忘れ去られているだけで先例も」

後ろに控えていた無表情な先代勇者様が、分厚い辞書のような古書をテーブルへ置いた。栞(しおり)が数本挟み込まれている。

何かが起こった時すぐ動けるよう、剣士服姿のリディヤさんが片眉を動かした。

「『旧帝国法』の法典ね」

「！　それって、各国法の原典になっている？　は、初めて見ました」

革製表紙の法典を眺め、私は軍装の白い袖で口元を覆う。

収集癖のあったと聞く、今は亡(な)き祖父ですら入手出来なかった極めて貴重な書物だ。

嘘(うそ)か真か、アリスさんから四代前の『勇者』と一冊の古書を巡って戦い、片腕を落とされたと、父からは聞いている。

オーレリアさんが双眸(そうぼう)に慈愛を湛(たた)え、アリスさんの口元を白いハンカチで拭った。

「旧帝国完全崩壊後、各国は法の整備を積極的に進めましたが、完成度が高いものや、下手に触ると大きな火種になることが明らかだったもの——貴族達や、貴国であれば長命種族の家督継承の項目は殆ど弄られていません。その中には、今や適用されなくなって久しいものも数多あるのです。今回はそこを突きます」

「…………」

リディヤさんと私は沈黙し、ほぼ同時にソーサーへカップを戻した。

深い靄がかかったかのように思考はまとまってくれず、高揚と不安が交互に押し寄せてきて定まってくれない。

だって、もし……もしも、この話が本当に実現するならば、アレン様と私は。

「あう」

想像しただけで頬が火照る。落ち着く為に胸ポケットの蒼翠グリフォンの羽根に触れても、心臓の鼓動は高まるばかりだ。

嗚呼、どうしよう。私、浮かれてしまっているかも……。アレン様やカレン達は今頃、皇宮でユーリー・ユースティン皇帝と会談を行っているのに。

いけない、いけないわ、ステラ。もっと、自分を律してっ！

そうじゃないと、アレン様が戻られた時にすぐバレて――。

「……肝心要の話をまだ聞いていないわ、チビ勇者」

足を組み、リディヤさんが警戒心も露わに、アリスさんを睨みつけた。

右手の甲には『炎麟』の紋章が光を放っている。

「どうして、私達だけに話をしたわけ？　直接、あいつへ説明する機会はあった筈よ。そのつもりでわざわざ皇都へ呼び寄せたんでしょう？　……そこまで体調が悪いの？」

白金髪の勇者様はチーズケーキをあっという間に食べ終え、ナイフでもう一切れを切り分けた。

「簡単な話――説得に時間がかかり過ぎる。アレンは真面目な子。紫がぅがぅは、アレン大好き狼だから反対する。同志は賢いし、理解もしてくれる。けど、黙っていられない。バレる。私の敵第三号は、同じ『リンスター』の紅い弱虫毛虫よりも頭が切れる要注意人物。自分の利益の最大化を目指す。王都へ戻り次第、各々の家々で話し合って」

カレンとティナは分かるけど、リリーさんは――ララノアの使者の一件は抜け駆けしていたし、当たっているかも。

何時もは無表情なアリスさんが目を鋭くし、立てかけてあるアレン様が置いていかれた剣の黒鞘に指を滑らせ、独白するかのように呟く。

「当初は情報共有と軽い提案のつもりだった。私の体調もまだ当面はもつ。でも……アレンに伝言が届けられた直後の夜、大きな『星』が北天で欠けた。揺蕩っていた時代の流れは加速し、行き着くところまできっと達する。安穏とはしていられない。持ち出された

『白夜』を譲渡するのもその一環」

「？　大きな『星』？？」「……答えになってないわよ」

理解不能な言葉に私は小首を傾げ、リディヤさんは冷たく問い詰めた。

けれど、白金髪の美少女はそれ以上詳しく教えてくれず。オーレリアさんへ目線を向けると「現在、調査中です」。

……アレン様が戻られたら、報告しておかないと。

私が決意する中、アリスさんは神妙な面持ちで腕を組んだ。

「提案は『リンスター』と『ハワード』にとっても極めて有益。味方に出来る、と判断した。……紅い弱虫毛虫は余りにも奥手過ぎて期待薄だから、狼聖女の奮闘に期待。アレンの外堀と内堀を埋めることを私が許可する」

「ふ、ふぇ⁉」

変な声が出てしまい、私は身体を左右に揺らした。

そ、外堀と内堀を埋めていい、ってつまり……そ、そういうこと、よね？

ア、アレン様と私が……。

炎羽と共に、リディヤさんが殺気を美少女へ叩きつけた。

「どうして、あんたの許可が必要なわけ？　あいつは、私のっ！　……つまらない冗談も大概にしなさい。**『アルヴァーンの姓を下賜する』**という話もそうなわけ？」

――アリスさんが私達に示した提案は、予想外にも程がある内容だった。

まさか、姓を下賜する、そんな方法があったなんて！

すると、アリスさんは二切れ目のチーズケーキを手でむしゃむしゃ食べ、本当に何でもないかのように答える。

「私は戦う度、眠る時間が増えてきている。アルヴァーンの宿痾。以前までの私なら……この前の夜に『賢者』擬きと『三日月』擬きを逃すこともなかった。そして、一族内に大魔法【天雷】を継げる者はもう誰もいない」

「――……え？」「…………っ」

私は呆けてしまい、さしものリディヤさんも動揺で双眸を揺らした。

人形のように綺麗なアリスさんが祈りを捧げるかのように瞑目し、告白。

「私は旧き時代の掉尾。『最後の勇者』。新しき時代が――新たな『天槍』の時代が始まる前に出来るだけのことはする。あの二人なら大丈夫」

「「…………」」

そこに悲壮感は一切なく、ただただ純粋に『勇者』を全うしようとする少女がいた。私達は口を挟めず、黙り込む。『天槍』とは、アレン様がイグナ戦で使った？

「『アルヴァーン』は八大公の一角として、神代以降、長きに亘り星の均衡を保つことに注力してきました。ですが、物事に永遠はありません。他の八大公家が先んじて表舞台から姿を消していったように……我が家が『勇者』として働く時代も終焉を迎えたのだと理解しています。イグナを筆頭に、一族の中には反対する者達もいるでしょう。が、ステラ殿とカレン殿、そして――アレン殿になすすべなく敗北した事実は覆せません。『勇者』に敗北は許されないのです。私が当代へその座を譲ったように」

　オーレリアさんはアリスさんを見つめ、説明を補足した。

　……新しき『天槍』の時代。

　左手で、右手薬指を幾度か触れたリディヤさんが怒りを滲ませる。

「で、あいつに『勇者』を継がせて、星全体の厄介事を押し付けると？　そんなこと、私が許すわけないでしょう？」

　魔力に反応して、暖炉の炎が勢いを増した。

　私は慌ててアレン様のように左手を軽く振り、微細な氷片で炎を抑制した。

　今の提案はそこまで過激な内容ではないような……？

　ドギマギする私の様子を観察し、アリスさんは大きく頭を振った。

「紅い弱虫毛虫はアレンが絡むと本当に駄目駄目。『アルヴァーン』の姓を好き勝手利用してくれればいい。見返りなんて一切求めない。本当に先が思いやられる」

「っ！……決着、つけてもいいのよ？　私はあんたが半病人でも容赦しないし」

紅髪の剣姫様は自分の勘違いに思い至り、そっぽを向く。

しかし、アリスさんは許さず。両腰に手をやり、重々しく通告。

「そしたら、アレンに言いつける」

「なっ⁉」

効果は覿面だった。

あれだけ堂々としていたリディヤさんが、一人の恋する少女になってしまい、視線を彷徨わせ、声を震えさせる。

「き、き、汚いわよっ。そ、それが、か、仮にも『勇者』の台詞なわけ？」

「『誓約』の魔法をアレンにかけてもらって、有頂天になっている子に言われたくない。都市内でなら、魔力を繋がなくても何となく分かるなんて極めて不純。弱まっているけれど、解呪していい？　隠し持った物も没収する」

「さ、させるわけないでしょう⁉」

紅髪の美少女は右手を抱え込み、心臓へ押し付けた。ここ最近、随分と余裕が出てきたようだったのは、やっぱりそういう理由があったのね。……隠し持った物？

私もアレン様に同じ魔法をかけてほしい。あの方の魔力が分かったら、きっと毎日幸せに過ごせて——直後、強大な結界が張り巡らされている古教会が揺れた。

「！　じ、地震……？」

「違うわ」「ん」

リディヤさんとアリスさんは私の予測を否定し、内庭へとすぐさま出る。

慌てて私も後を追うと、上空から純白の蒼翠グリフォンが暴風を発生させるのも厭わず、降り立った。

「アリス！」

背中からすぐさま降り立ち、花付軍帽、外套を羽織った制服姿の『花天』シセ・グレンビシー様が切迫した表情で映像宝珠を差し出した。

「どうやったのか、イオが魔牢を破ったようだよっ！　見なっ‼」

中空に投影されたのは、蠢く灰黒の枝によって形作られた無数の『狼』に襲われる皇宮と皇都。無数の雷も降り注いでいる。

都市全体を対象にした大規模植物魔法と雷魔法……唯事じゃないわね。

帝国の将兵は民衆を守るべく、既に決死の交戦を開始しているものの勢いを押し留められず、『狼』が建物を倒し、砕き、人々を呑み込んでいく。

「……っ」

私は耐え切れず目を背けた。

歴戦のシセ様が冷厳に解析する。

「禁忌魔法『緑波棲幽』とアルヴァーンの雷。……残念だが、イグナはイオの中で潜んでいた『石蛇』と『冥狼』に喰われたようだね。『血』による一時的な増幅だよ。魔牢を突破したのもこれで理解出来る。何れは勝手に自壊しようが、暴れ回られたら事だ」

「……可哀そう。とてもとても可哀そう。……イオも、イグナも……」

アリスさんは美しい顔を伏せ、目を閉じた。

魔剣を腰に提げ、リディヤさんが不機嫌そうに零す。

「……私がついて行かない時に限って、厄介事に巻き込まれるんだから。皇都はアンナとオリー達に任せるわ。ステラ、私達は皇宮最奥の内庭へ」

「はいっ！」

アレン様、カレン、ティナ、リリーさんに、私とリディヤさんが加われば、聖霊教の使徒次席であっても恐るるに足りない。

——ララノアの最終決戦には参戦出来なかったけれど、今日こそは！

「待って」「待ちな」

意気込んでいると、アリスさんとシセ様に呼び止められ、私達は足を止めた。

向き直ると、二人は沈痛な面持ち。

「あそこまで暴走していると、完全に滅さないと再生する。策が必要」

「路を違えたとはいえ……イオは私の弟子だ。終わらせてやりたい。力を貸しておくれ」

「………」「リディヤさん」

私は紅髪の少女の袖を引っ張る。

他でもない『勇者』と『花天』がこう言っているのだ。聞いておいた方がいい。

リディヤさんは髪をかき上げた。

「はぁ……仕方ないわね。急ぎなさい。アレンが無理無茶をする前に」

＊

二発の『北死黒風』によって破壊し尽くされた皇宮内庭に漆黒の雷が降り注ぎ、『狼』の頭を象った数えきれない灰黒の枝が石畳と樹木を砕き、薙ぎ払う。大した威力だ。

『ハッハッハッハッ！　どうした、どうした、『剣姫の頭脳』のアレンっ！　死ね死ね死ね死ね死ね死ねえええええっっ！！！！』

今や全身に魔法式を蠢かせる、空中の聖霊教使徒次席『黒花』イオ・ロックフィールドは嘲笑し、両手の魔杖を掲げ更に魔法を発動させた。

腐臭を放つ無数の根が地面から出現し、鞭のようにしなり襲い掛かってくる。

「兄さん、私とリリーさんで！」「年上メイドさんにお任せです～♪」

雷を纏い、猛然と僕の前へと出た紫ドレスのカレンが十字雷槍を振るい、リリーさんが大剣と炎花で枝を悉く両断する。

イオの魔法は皇宮全体だけでなく、都市全体を対象とした禁忌魔法『緑波棲幽』とイグナと同じ雷魔法の多重発動。

とんでもない魔力量だ。

けれど——今まで戦ってきた怪物達に比べ個々の照準は明らかに粗雑。リディヤ達が駆けつけてくれるまで持久するのは不可能じゃない。

僕達とて激戦を潜り抜けてきたのだ。問題は。

「あっちはまずいかもな」

縦横無尽の活躍を見せるカレンとリリーさんと、後方で魔法発動の機を窺っているティナを一瞥し、僕は内庭の片隅へ目を向けた。既に老帝の持つ守りの短剣は魔力を使い果たしたようで結界は消失。地面に突き刺さる魔剣『陥城』が光を反射している。

「カ、カール隊長！」「負傷者多数っ！　戦闘継続は困難です」「撤退しましょうっ」

「……くっ。だ、だが」

若き帝国騎士は顔を歪め、騎士剣で雷を受け止めた。

戦列最後方では老元帥を喪い、呆然自失な老帝ユーリー・ユースティン。

主君を守らなければならない騎士達は防御魔法を代わる代わる発動、必死に耐え忍んでいる。長くは持ちそうにない。

僕は禁忌魔法を防いだ際、過半の魔力を放出した魔杖『銀華』から光属性中級魔法『光神槍』と氷属性初級魔法『氷神散鏡』を多重発動。

イオを包囲し乱反射させ、魔法障壁の隙間を狙い解き放つ。

『！　小癪っ!!』

光槍に背中の枝羽や、枝の左足を貫かれた使徒が怒気を放ち、すぐさま再生。灰黒の『盾』を空中に生み出していく。

大魔法『蘇生』と『光盾』の残滓か。

枝と根に覆われていない、使徒の健在な右眼が憎悪に染まり切る。

……こんな風になっていなければ、僕の魔法じゃ魔法障壁を貫けなかっただろうに。

「私の兄さんにそんな目を向けるなっ！」

大魔法士だったイオの変貌ぶりに物悲しさすら感じる僕を背に、空中の氷鏡を足場にした、紫ドレスのカレンが閃駆。

十字雷槍で次々と灰盾を消失させ、真正面から突き進む。

イオが歯軋りし、両手の魔杖を突き出した。

「残念——カレンさんは囮ですよぉ★」『！』

短距離転移魔法『黒猫遊歩』で使徒の後上方を取ったリリーさんが大剣を思いっきり振り下ろし、防御しようと伸ばした半ば石化した枝を断ち切る。

再生しようとするも追撃の炎花がそれを妨害し、イオの防御がその分薄くなった。

「隙だらけですっ！」

距離を詰めたカレンも、十字雷槍の穂先に雷属性上級魔法『雷帝乱舞』を多重発動。

至近距離で、イオの魔法障壁に叩きつけた。

『がっ！』

ここまでやっても魔法障壁の完全な貫通は出来ず。

空中から地面に叩きつけられ、土煙と様々な破片が飛び上がった。

――今だっ！

僕は風魔法を使い、僕はカールと呼ばれていた若き騎士に伝達。

『陛下を連れて、撤退してくださいっ！　使徒は僕達がっ‼』

『っ。……忝いっ』

躊躇ったのは一瞬だった。

若き騎士はピクリとも動かない老帝を部下に連れさせ、自らは殿を務め十数名の部下達と共に退いていく。良い指揮官だな。リチャードも満足するかもしれない。

『ヌォォォォォォ！！！！！！！！！！！！！！！！！！！！！！』

『！』

イオが獣のように絶叫するや魔力が一気に膨れ上がり、飛翔した。

盛り上がった心臓部分が不気味に拍動し、その都度、魔力が溢れ出す。

――この魔力。王都大樹。盗み出されたという『最も古き新芽』か！

「させませんっ！」

即座にティナが『氷神壁』を多重発動させるも蠢く灰黒の枝の勢いは物凄く、物量に負け呑み込まれていく。

「くぅっ！」「ティナ！」

僕は公女殿下を抱きかかえて後方へと跳び、植物魔法と土属性初級魔法『土神壁』を多重発動させた。超高速で機動してきたカレンも、そこへ強大な魔法障壁を重ねてくれる。

少し離れた場所で、騎士達を『花紅影楯』で防御中のリリーさんは――。

「「っ！」」

大衝撃が走り、氷片や石、枝と根、雷が魔法障壁や土壁に次々と叩きつけられ、強制的に消失させられる。僕とカレン、途中からはティナも防御に参加し必死に防ぎきる。

『…………』

上空では憤怒で顔を引き攣らせているイオ。魔力が更に濃さを増す。

僕は公女殿下の頭をぽん。

「ティナ、上達しましたね」

「はいっ！　でも、これからです。レナもそう言っています」

右手の甲に浮かび上がった紋章が輝き、濃くなっている。手綱を握っておかないと皇宮全体を凍結させかねない勢いだ。

新たに生まれ始めた灰黒の枝に対処すべく、自然と前衛の位置についてくれた頼もしいカレンの華奢な背中を僕は見つめ、イオの分析を行う。

「基本攻撃手段は『緑波棲幽』の常時発動。そこにイグナの雷と大精霊二柱の力が込められた多数の『狼』。魔法障壁に隙間はありますが、膨大な魔力に裏打ちされた『蘇生』と『光盾』も厄介ですね。心臓に埋め込まれている王都大樹の新芽で魔力も増強しています。リリーさんの見立てはどうですか？　……リリーさん？」

反応が返って来ない。何時もならすぐなのに。

ブツブツと呟き続け、頭を掻きむしるイオに注意を向けつつ、紅髪の年上メイドさんの様子を確認する。

「…………」

「リ、リリーさん？」「大丈夫ですか？」

魔法を紡いでいたティナと、突撃の機を窺っていたカレンも戸惑う。

けれど、紅髪の公女殿下は大剣を地面に突き刺し、滴る額の血を拭おうともせず、両手で何かを抱きかかえ目を伏せたまま。様子がおかしい。

我に返ったイオが魔杖を突き付け侮蔑。

『戦場デ棒立ちとはっ‼　撃ってくれ、と言っているような——ッ』

リリーさんの周囲を舞う炎花の色が変わっていく。

「！　先生っ‼」「兄さん！」「……この魔力は」

瞳は光を喪い、美しく長い紅髪は黒みを増し、静かな怒りに満ち満ちた魔力が渦を巻き、襲い掛かろうとする枝を焼き払う。

「――……宝物だったのに……………挫けそうになる私を何度も何度も、何度も助けてくれた大切な物だったのに………」

そう呟き、年上メイドさんはゆっくりと顔を上げた。

――何時も着けている、僕が南都で贈った花飾りがない。

内庭全体に放たれた大衝撃の渦中で、何かしらが掠め壊れてしまったのだろう。

普段穏やかな人は怒らせると怖い。世間でよく言われる説ではあるけれど……。

「………」

リリーさんは沈黙し、右手をすっと前へ伸ばした。

炎花がリンスターの『紅』から『灰』混じりの禍々しいそれへと変わり、『剣』を象っていく。内庭全体に蠢く灰黒の枝が炎上し、燎原と化す。

「～～っ」

ただならぬ様子と集束する魔力の暴威に、ティナは怯え僕の裾を取った。

空中のイオですら絶句し手を出せない。

激怒した年上の美少女が右手を握りしめ、

「貴方は私の大切な物を壊しました。代償は――……払ってもらいますっ！」

虚空から一気に引き抜くや、灰炎が散った。

花弁が散るかのような美しい波紋を持つ剣身。明滅する『月と星』。

こうして見ると、リディヤに僕が託した魔剣『篝狐』に何処となく似ている。

幾重にも重なった灰炎の『大花』が生まれ、リリーさんの周囲に布陣していく。

――炎属性魔法を極めし古の大魔法士が終生用いたという短剣を基に、西方長命種族がただただ威力だけを突き詰め、魔王戦争後に完成させた炎剣『従桜』の姉妹剣。

リンスター公爵家ですら扱える剣士が出て来ず、完成した際に当時に『剣姫』が試し斬りを行って以降、百年以上封じられていたとんでもない代物だ。

僕はそんな美しくも恐ろしい魔剣の銘を呟く。

「『灰桜』」

製作にも携わった半妖精族出身だからこそ、恐ろしさを理解しているのであろう。

イオはやや焦(あせ)った様子で両手の魔杖(まじょう)を大きく振った。

風属性上級魔法『嵐帝竜巻(らんていたつまき)』が多重発動され、強大な漆黒の竜巻となる。

『死ぬがいいっ！！！』

絶叫し、佇(たたず)むリリーさんへ放たれる。

けれど、僕達は動かない。いや——動けない。

怒りの魔力は全てを燃やし尽くす勢いだ。

「………」

リリーさんは炎剣『灰桜』を両手持ちにして、剣身を後方へと下げ、前傾姿勢に。

紅髪を浮かび上がらせ、

「……貴方の方こそ——……**とっととどっかへ行ってくださいっ！**」

『！？！！』

怒りの咆哮(ほうこう)と共に巨大な竜巻へ突撃し、跳躍するや炎剣を薙(な)いだ。

禍々しい光が走り、射線上の全てを切断。辛(かろ)うじて残っていた石柱や天井が崩れ、灰炎の中に消えていく。

イオも例外ではない。

竜巻を、蠢く無数の枝を、灰盾を、数十の魔法障壁を、そして——使徒自身を斬り裂き、禍々しい炎で包み込んだ。

『馬、鹿なっ』

すぐさま『蘇生』の光が瞬き相殺。再生するも、使徒の双眸には拭いきれない動揺。

唖然としたティナとカレン、僕の前にリリーさんが着地し、炎剣を手に詠い始める。

「【灰よ。灰よ。灰よ。汝——侮るなかれ。汝——驕るなかれ。汝——迷うなかれ】」

信じ難いことに、魔法式が生きているかのように動き出し、『大花』も剣身へと次々吸い込まれていく。

イオが手に持つ魔杖を震わせる。

『！【紅炎】ノ呪いかっ⁉』

恐怖に駆られ、滅茶苦茶に雷を放ち、灰黒の『狼』の群れで妨害を試みるも、残った『大花』は絶対的な防御能力を発揮、リリーさんを守りきる。

——かつて、南都近郊の港町で千年を生きる魔獣の攻撃を完封した時と同じだ。

魔剣に魅入られたかの如く、リリーさんの剣舞が佳境へと至る。

「【汝は鉄を、戦を、血を統べし炎なり。我が前に立つ敵を滅せし炎なり】」

解析不能な未知の魔法式が剣身に並んでいく。

発動させている当の本人も、原理は理解はしていないようで、

『頭に入り込んで、勝手に口から出ていく感じです』

と言っていた。

姉妹剣の『従桜』にそんな現象は起きていないらしいし、封印されるわけだ。

飛んできた紅色の小鳥が僕の肩へ止まり、すぐに消える。……了解。

僕がティナとカレンの前へ出て、今後の行動を早口で指示した直後──紅髪を靡(なび)かせ、リリーさんは魔剣を頭上高くに掲げた。

「【神殺しの獣を焼きし灰炎よ──今、此処(ここ)に顕現せよ】」

灰炎の花吹雪が渦を巻き、一挙に空間全体を燃やし尽くし始める。

『〜〜っ！』

顔を引き攣らせ、イオが全魔力を防御に回すのが見えた。

リリーさんはそっと魔剣を振り下ろし、銘と同じ魔法を呟く。

「【灰桜】」

次の瞬間、紅髪の年上美少女より前にある、内庭の全てが灰色の猛火に包み込まれた。
微細な灰炎花が全てを切り刻み、存在することを許されない。
結界内発動をする理性は残っていたようで、内庭の外部に被害は発生していない。
言うまでもなく超絶技巧だ。
数百の耐炎結界が消失し、球体も炎に包まれ、イオの獣じみた悲鳴が木霊する。
『グガァァァァァァァ！！！！！！！！！！！！！！！』
永遠とも思える短い時間が過ぎ去り、魔法の発動が停止した。
年上メイドさんの手から魔剣が消え、ぐらりと前方へ倒れ込む。
「リリーさんっ！」
僕は身体強化魔法を全開にし、回り込んで受け止める。
年上メイドさんの額には大粒の汗。疲労困憊の様子だ。
――魔力を急速に消耗し、短期間しか扱えない。
恐るべき威力を誇る魔剣『灰桜』最大の欠点がこれだ。

ハンカチで汗を拭うと、年上メイドさんは目を開け、しゅんとした様子で手を差し出し、開いた。南都で僕が渡した花飾り。

「アレンさん、ごめんなさい。花飾り、壊されちゃいました……」

僕は額の傷を治癒魔法で癒し、息を吐く。他に怪我はなさそうだ。

左手の腕輪に指を滑らせ、ハンカチを押し付ける。

「大切にしてくれるのは嬉しいです。だけど、無理無茶は駄目ですよ」

「はい……」

少しだけ遅れて駆け付けてくれた妹にリリーさんを託し、僕は状況を観察する。

美しかった内庭は今や見る影もなく、荒れ果てていた。

灰炎は結界内の全てを燃やし尽くす勢いだ。

加えて、皇宮正面でリディヤの魔力を感じる。ステラも一緒なのだろう。

先程の小鳥が報せてきた『策』通りなら、アリス達も――。

『……外ニ面倒な連中がやって来テいる……』

『！』

黒風が吹き荒れるやリリーさんの結界は崩れ落ち、炎が地面から出現した蠢く灰黒の枝により無理矢理制圧される。

四肢の維持すら億劫になったのか、蛇のような樹木で直接地面に繋がり、両腕も狼形の枝で代用したイオが、ギョロリ、と唯一健在な右の瞳で僕達を睥睨した。

空間に歪んだ魔法陣が出現し、怖気を誘う程の雷が降り注ぐと胸の一部が金属の光を放った。……あれは、老元帥の。

気付いていない怪物は、たどたどしい言葉遣いで冷たく通告。

『もう殺ス』

僕はすぐさま右手を伸ばした。

「ティナ！」「どんとこいですっ！」

手を繋ぎ、浅く魔力を繋ぐ。

薄蒼髪の公女殿下は不満そうに「……もっと深くても良いのに」と不満を漏らし、魔杖を大きく振った。

激しい雪風がイオの黒風と拮抗し、翼持つ氷属性極致魔法『氷雪狼』が顕現。

大咆哮で大気を震わせ、突撃を開始した。

『！　星果てノ……次カラ次へとぉぉぉ！！！！』

イオは灰黒の枝を操り、無数の『狼』で氷狼を抑え込みにかかる。

必死に魔法を制御しながら、ティナが僕達へ叫ぶ。

「**先生、カレンさん、今の内ですっ！　とっておきの『切り札』をっ‼**」

だけど、このままじゃ暴発する可能性も「メイドさんにお任せです！」リリーさんが公女殿下の背中に回り込んだ。有難(ありがた)い。

――怪物と化したイオは、魔力の消耗具合からみて命そのものを削っている。

リリーさんの【灰桜】すらも凌(しの)ぎ切ったことを考えれば、生半可な魔法は通用せず、大樹の芽が健在な内は不死に近い再生能力を有しているのだろう。

魔法障壁を全て貫き、心臓の大樹の芽に届かせる。

手段はあるけれど……魔杖『銀華(ぎんか)』の魔力無しで本当に可能なんだろうか。

「兄さん」

紫ドレスのカレンがふわり、と抱き着いてきた。

幼い頃と変わらず、僕だけを真っすぐ見つめてくる。

「どうか悩まないでください。私も一緒に背負います。いいえ、背負わせてください！

貴方の進む路が、私の進む路ですっ！　たとえ、それが星の果てでもっ‼」

変わったのは妹が美しく成長したこと。不覚にもドキリとしてしまう。

「カレン……」「私は本気ですっ！」

――頬に柔らかい感触。魔力が深く繋がる。

背伸びをした妹がキスをしたのだ。

右手甲に『雷狐』の紋章が鮮やかに浮かび上がった。

「あ～！　そ、それはズルいですっ‼」「……むぅ～」

魔法を制御しながらティナが叫び、支えるリリーさんも不満そうだ。

カレンは唇に手をやり、頬を赤らめ、獣耳と尻尾を揺らす。

「また、しちゃいました。責任、取ってくださいね？」

「はぁ……」

二人して雷を纏い、魔法を紡ぎ始める。

僕は魔杖を、カレンは十字雷槍を回転させ、重ね合わせた。

「僕の妹は悪い子に育ったねっ！」

「当然です。兄さんの妹ですから」

返す言葉もない。

奮闘していた氷狼が遂に押され始めた。

「先生っ！」「リリーさんっ！」

「メイド使いの荒い御主人様ですねぇ～」

紅髪の年上メイドさんは左手を振るい、今日最大の衝撃に備え炎花を張り巡らした。

氷狼が無念の咆哮と共に砕け散り、枝と『狼』が波のように襲い来る。


『貴様等の負ケダァァァァア！！！　死ねィィィィイ！！！！』


勝利を確信したイオが、右の魔杖に雷を、左の魔杖に黒風を紡ぎ、高く掲げた。

対して僕はニヤリ。

「いいえ、『黒花』イオ・ロックフィールド。——何故なら！」

「『勇者』の雷は全てを打ち砕く。それが世界の理でしょう？」

すぐ妹も言葉を引き取り、不敵に笑った。
イオは訝し気に眉を歪め、
『！』
すぐ天を見上げた。
皇宮の遥か上空を純白の蒼翠グリフォンが飛翔している。
――星を守りし『勇者』アリス・アルヴァーンが来たのだ。
『皇宮正面ハ囮カッ⁉　オノレエエエ！！！』
イオは全魔力を振り絞り、千を超える魔法障壁を頭上に展開した。
見える筈も、聞こえる筈もない。
けど――僕の目には漆黒と純白の剣が煌めき、耳には彼女の声がはっきり聞こえた。
「――【天雷】――」
幾つもの大閃光が空を切り裂き、轟音は後から。

知覚など到底出来ず、巨大な雷柱が降り注ぎ——炸裂。

イオの魔法障壁と枝が消失するのだけは辛うじて見え、僕はカレンの頭を抱きしめ、自分の両目も固く瞑った。

この世の終わりが来たのか、と錯覚してしまう程の震動と衝撃を必死に耐える。

リリーさんの炎花が僕達だけでなく、ティナも守ってくれているのが分かった。

やがて——大魔法の発動が終わった。

カレンから離れ確認すると、内庭の過半は綺麗に半分が刳り貫かれ、消えていた。前方の石柱が残存しているのは、アリスが意図的に行ったことだろう。信じ難い制御だ。

それでも——。

『フハ……フハハハハッ！　耐エタ……私ハ耐エタゾっ！　『勇者』の大魔法をっ‼』

全ての魔法障壁と枝、羽根、両腕を喪失し魔力を著しく減衰させながらも空中で健在なイオは、再生しながら哄笑した。

胸に埋め込まれた『大樹の新芽』が露わになり、拍動を繰り返す。

『リディヤとステラは囮。私が削り』

――アリスの『策』通りだ。

「カレン、行くよっ！」「はい、兄さんっ！」

僕は妹と最後の突撃を開始した。

植物魔法を発動して、空中回廊を形成。駆けに駆ける。

『！　オノレ、アキラメロッ！！！！』

イオは右腕を再生させるや、雷を放ち、数の減った枝で迎撃してきた。

だけど、僕達は回避行動を一切取らない。必要がないと理解していたからだ。

「先生っ！　カレンさんっ！」「前へっ！」

ティナの氷鏡が雷を跳ね返し、リリーさんの炎花が枝の波を焼き払う。

焦燥を強め、イオが左腕を再生させようとするも崩れ、形にならない。

魔力切れが近いのだ。

歯軋り（はぎし）りし、使徒は右腕の魔杖を掲げた。

紡がれているのは、禍々（まがまが）しい魔力が注（そそ）ぎ込まれた戦術禁忌魔法『北死黒風』。

『サセルモノカッ、私ハ大陸最高ノ魔法士ナノダッ！！！』

「いいえっ！　貴方は最高なんかじゃありませんっ‼」

弱弱しい灰黒枝の抵抗を十字雷槍で薙ぎ払い、カレンが啖呵を切った。

僕は魔杖を穂先に重ね——雷属性新極致魔法『雷影竜』を発動！

カレンの為だけに創った黒紫色の巨大な竜が頭上に顕現していく。

未知の魔法に慄きの表情を半瞬だけ浮かべるも、イオは戦意を振り絞り、

『易々ト——ッ⁉　ワ、私ノ魔法ガ⁉』

紡がれていた禁忌魔法だけでなく、障壁そのものが消えていく。

——精緻極まる魔法介入だ。

「本当に……憐れだね、イオ。あたしの接近に気づかなかったのかい？」

口を持つ魔法書を手にし、唯一倒れず残った石柱の上に現れた悲し気な大魔法士様へ、

追い詰められた使徒が怨嗟の絶叫を轟かせた。

『シセ・グレンビシィィィィィ――――――――――!!!!!!!!』

僕達は手を繋ぎ合い、十字雷槍の柄を握りしめた。

「カレン!」「はい、兄さん!」

ティナから『氷鶴』の力が。魔法を通じてリディヤから『炎麟』の力が。

そして、カレンから『雷狐』の力が。

最後に頭上を飛ぶ黒紫の竜が十字雷槍の穂先に吸い込まれ――

『ッ!?!!』

使徒が絶句する中、深い黒紫を湛える剣翼の穂先を持った雷槍となった。

「世界最高の魔法士は私の兄さんですっ! 貴方じゃないっ‼」

カレンはそう強く強く断言し、僕と目を合わせ、

「『――【天槍】――』」

新秘伝を使徒へと解き放った。

迎撃も防御も出来ず、雷すらも置き去りにし全てを貫くであろう黒紫の槍は、まるで竜が愉し気に歌うかのような幻影を残し、

『ッ！　ガァァァァァァァァァァッ！！！！！！！！！！！！！！！』

イオの胸元から生まれた最後の枝を一切の容赦なく消し去り、そのまま『黒花』イオ・ロックフィールドの心臓を完全に貫いた。

瞬間——音が消失。

内庭に雷混じりの氷炎風が吹き荒れる。

カレンを抱きしめ、必死に耐え——ドサリ、という生々しい音で僕は顔を上げた。

「ウ、ウソダ。こ、こんなことが……がはっ………」

眼下ではイオが、魔剣『陥城』を支えに立とうとするも、顔を引き攣らせ灰黒の血を吐くや、右腕が砕け散り灰に。もう、助からないだろう。

元弟子の無残な有様に、シセ様は石柱上から悲痛な視線を向けられている。

暴風が収まってきたので、『雷神化』を解き空中回廊から地面へ。

続けてカレンも僕に続き飛び降りようとして、身体が傾いた。

「あ……」「おっと」

僕は浮遊魔法を併用し、全魔力を振り絞ってくれた妹を受け止め顔を覗き込む。

「大丈夫かい？　カレン」

「は、はい、兄さん。あ、ありがとうございます。ただ……」

限界を超えた魔力に耐え切れなかったのだろう。カレンが持つ短剣には微細な罅が走り、力を完全に喪っていた。……いよいよ、鍛え直してもらわないと。

「先生っ！　カレンさんっ！」「もう、くたくたですぅ～……花飾り………」

ドレスを汚したティナとリリーさんも此方へ駆けて来る。二人とも無事だ。

リディヤの魔力も急速に近づき、上空の蒼翠グリフォンは何度か旋回した後、北へ飛び去っていく。古教会へ戻ったようだ。

……アリス、大丈夫かな。

『！』

直後、前方から瓦礫が崩れる音がした。

下半身と両腕を喪ったイオが地面を這い、譫言を零している。

「まだ、だ……まだ、わた、わたし、は……夢の為、シキの書庫にいかねば………」

――『シキの書庫』？　ロス・ハワードが言っていた、あの？？

僕達が警戒する中、シセ様は死につつある使徒へ近づかれた。

イオの右眼が限界まで大きくなり、身体がサラサラと灰へと変わる。

「お師匠……ぼ、ぼくは……ぼく、は――……嗚呼、ローザ……きみを生き返らせ……」

遂に声が潰えた。

その場に遺ったのは、小さな割れたブローチと魔剣『陥城』の破片だけ。

これが聖霊教使徒次席『黒花』イオ・ロックフィールドの最期だった。

花付軍帽を外したシセ様がブローチを拾われ、独白される。

「……ローザの……イオ、馬鹿だよ、あんた。本当に大馬鹿者だっ……」

「…………」

崩壊した内庭で大魔法士様は静かに慟哭する。

僕はカレンを抱き寄せ、ただその光景を見守っていた。

エピローグ

「以上が——事件のあらましになります。他の聖霊教使徒の関与は確認されておらず、『黒花』イオ・ロックフィールドが暴走。単独で引き起こしたものだと推測しています」

説明を終えると、僕は昨晩リディヤに散々詰られながらも書き上げた報告書を、対面に座る、くたびれた礼服の教授へ向けて差し出した。

皇宮での戦いから一夜明け、窓の外では小雪がちらついている。ティナの天候予測によれば夜には止むらしい。暖炉前の絨毯上で眠るルーチェが欠伸をした。

「なるほどねぇ……人生何が起こるか分かったもんじゃないね、アレン」

今朝方、軍都から皇都へ戻り、すぐ古教会を訪ねて来られた恩師が報告書の内容を確認し懐へ仕舞い揶揄してくる。かなりお疲れのようだ。

隣の部屋からは少女達の笑い声。楽しそうだけど、何をしているんだろう？

僕はオーレリア様御手製のクッキーを齧り、ジト目。

「……他人事みたいに言わないでください。相手は暴走した聖霊教使徒次席だったんですよ？　僕とカレンを皇宮へ行かせるよう画策したのも教授なのでは？？」

「まさかまさか。あれは陛下たっての希望だよ。前々から催促されていたんだ。グラハムに確認してもらってもいい。ま、彼は当面ララノアだけどね」

「…………」

極めて胡散臭い。

けれど、教授との付き合いも長くなってきた。嘘は言っていないのだろう。

「では、次の——」「な、汝っ！　わ、我を助けよっ！」

開いている扉から鳥羽根交じりの蒼い長髪幼女が、酷く慌てた様子で飛び込んできた。

それほど物のない部屋の中を見渡し、僕を盾にするかのようにしゃがみ込む。

「レナ、アトラ達と一緒だったんじゃないのかい？　服が汚れてしまうよ？？」

「しー！　ば、バレるであろうが。あの者達が来ても我はいないと——」

軽やかに駆ける音が耳朶を打ち、白髪と紅髪の獣耳幼女が入り口の扉から顔を覗かせた。ハワードとリンスターのメイド服を身に着け、頭にはホワイトプリムを着けている。アンナさんやミナさんの企てかな。とてもとても愛らしい。

二人はすぐさまレナを発見し、瞳を輝かせ振り返った。

「レナ♪」「ティナ、アンナ！　レナいた～☆」

「は～い」「アトラ御嬢様、リア御嬢様、ありがとうございます♪」

やや遅れて、ブラシとホワイトプリムを手にしたメイド服姿のティナと、映像宝珠と畳んだ服を片手にニコニコ顔なリンスターのメイド長さんも追いついてきた。

昨日、あれだけの激戦だったのに元気だなぁ……。

「あぅあぅ」

僕が小首を傾げる傍で、鳥羽根を緊張で立ち上げ、レナがエリーのような声を出した。

逃げ出そうとするも「♪」「！　は、離せっ‼」アトラとリアに抱き着かれ拘束。妖しい笑みを湛え、公女殿下と小さなリンスター家のメイド服を広げた栗色髪のメイド長さんも近づいて来る。部屋の入り口には他のメイドさん達の姿も。みんな良い笑顔だ。

ティナとアンナさんが一応僕へ確認を取ってくる。

「先生、レナを借りますね」「可愛くしてお返し致します」

「了解です」

「！　な、汝ぃ⁉　や、やめよ。わ、我に近寄るでないっ。わ、我はそのような服、絶対に——そも、何時我の背丈を測ったのだっ！？！！」

「うふふ～♪　秘密です」「楽しみでございます☆」『私共に万事御任せください！』

情けない声をあげるレナをアトラとリア、ティナが引きずり、メイドさん達を引き連れ意気揚々と廊下へ連れ去っていった。平和……ではある。

僕は意識を切り替え、教授へ気になっていたことを尋ねた。

「皇帝陛下の御様子は？」「悪いね」

返答に胸を衝かれる。……やっぱりそうか。

魔牢からイオを移送しようとされた帝国の重鎮、モス・サックス老元帥は戦死と認定された。遺体も魔剣『陥城』を握りしめた右腕以外は見つからなかったそうだ。

教授が窓の外に目線を動かした。

「この五十年余り、陛下とモス殿は二人で内憂外患を数多抱える帝国を支えてこられた。そんな人物を自らの瑕疵で死なせてしまった……衝撃を受けない方がおかしいさ」

「僕達がイオに勝てたのは老元帥閣下のお陰です。魔牢での戦闘で魔力が削られていなかったら、危なかったでしょう。被害もより甚大になっていたと思います」

僕達と遭遇した時点で、イオは左腕と左足、黒羽を欠損し、胸に埋め込まれた『王都大樹の最も古き新芽』からも『陥城』の破片が見つかった。

シセ様曰く――『虚を衝かれてもなお、モスの小僧は十全にその役割を果たした』。

移送に参加した面々の戦死者も、殿の老元帥唯一人だったそうだ。

眼鏡の位置を直し、教授が厳しい顔になった。

「イオに刻印されていた新たな大精霊『冥狼』、か。……シセ殿やアリス殿はなんと？」

「『月猫』と並び殆ど伝承が残っていないそうです。アトラ達の話だと『一番強い子』で、ずっと会っていないとも。イオが最後に零していた『シキの書庫』ならば、何かしら手がかりがあるかもしれません。彼の遺した魔女帽子にも、新しい地図が縫い込まれていたそうです。記載者はエリーの母上……『ミリー・ウォーカー』だった、と」

「……はぁ。ここで、ミリー嬢の名か！　しかも『新しい』？　剣呑だね」

珍しく本気の重い嘆息が零れ出る。

「加えて、『雷狐』と『炎麟』。ティナ嬢の『氷鶴』に水都の『海鰐』。聖霊教の偽聖女は『石蛇』の力を行使し、今回『冥狼』まで出てきた。アレン、君は余程大精霊達に縁があるね。ああ、大魔法にもか。ま、シキの地は君の領土だし、好きにしても問題ないさ」

「……教授、笑えないです」

余りの物言いに僕は頬を引き攣らせる。

右手の指輪と腕輪は明滅し、同意を示すも認めない。僕は認めないぞっ。

「確かに大魔法について調べてはいました。でも、僕は一家庭教師なんですよ？　……最近は色々と押し付けられていますが」

「今更だねぇ。もうその言い訳も通用しそうにないがね」

そう言うと、教授は懐から書簡を取り出した。

「これは？」

「工房都市のシェリル嬢からだ。僕が軍都へ行った理由だよ。……ユースティンにはまだ知られたくなかったんだろう」

ララノア共和国とユースティン帝国は建国の経緯もあり、この百年来争ってきた。如何(いか)に両国が揃(そろ)って『対聖霊教同盟』に参加しようとも、感情的なしこりは残ったままだし、魔法通信の解読も盛んだろう。

だからこそ、柵(しがらみ)のないシェリルを頼みにした。

封筒を丁寧に開け、中身を素早く読む。……何だって？

「アーサーが失踪⁉　しかも、工都(こうと)の聖霊教教会には、魔王の魔力が現場に残っていた？？　教授、い、いったい何が？」

「分からない。だからこそ――グラハムが急遽(きゅうきょ)向こうへ出張っている。ただ、君なら理解出来るだろう？　これがどれだけ深刻な事態か」

今後、共和国内で何が起こるのかを予測してしまい、顔を顰(しか)める。

この十年余り、ララノアは『天剣(てんけん)』アーサー・ロートリンゲンと『天賢』エルナー・ロートリンゲン姫の武威によって国を保ってきた。

その『星』の片割れが突如消えたのだ。影響は計り知れない。

加えて……悲憤の余り病床に臥されたもう一人の英雄が立ち上がった時、『魔王の魔力痕跡』を知った時には。

教授は紅茶へ大量の砂糖を足し、一気に飲み干した。

「エルナー姫が今まで政治的に動かれたことはない。しかし、今後もそうかは分からない。何しろ、リディヤ嬢にとっての君を喪ったのと同義だ」

「故に、魔王が本件に関与していない明確な証拠を、ですか。最悪の場合に備えて」

「ああ」

激戦を共に戦い抜いた魔王リルを思い出す。

別れる際に伝えられた、僕の師匠への頼み事は偽聖女か、聖霊教絡みな筈。

細い線だけど、そこに頼るしかなさそうだ。

「ん――丁度良い」

今後のことを僕が思案していると、長い白金髪の少女が部屋に入って来た。右手にはチーズケーキの載った小皿とフォーク。左手には新しいティーポット。

空中には真新しい純白の鞘に納まった光龍の剣『白夜』がぷかぷかと浮いている。

僕は隣の椅子を引き、予備のカップを用意した。

「アリス、もう起きても大丈夫なのかい？」

「大丈夫。皆、大袈裟過ぎる。ベッドが必要なのは、ずっとめそめそなシセの方。いい加減、鬱陶しいから縛り付けてきた」

昨晩から、今まで眠り続けていた勇者様は椅子に腰かけた。

……微かに魔力が弱まっている。

『アルヴァーンの者は力が強ければ強い程、短命なのです。大魔法を行使する度、少しずつ眠る時間が増えていき、やがては……』

昨晩、オーレリア様は嗚咽を漏らされていた。あの御方は、アリスを実の娘のように愛しておられるのだ。

僕は予備のカップへ紅茶を注ぎ、白金髪の少女へ感謝を告げる。

「昨日は有難う。本当に助かったよ」

「威力を絞るのが大変だった。今度は自力で弾いて」

「ハハハ……」

皇宮内庭の過半に底知れない大穴を穿っておいて『威力を絞る』か。敵わないや。

剣を手に取った少女へ、教授が話しかける。

「アリス殿、『丁度良い』とは如何なる？」

「そのままの意味——アレン」

「うん？」

紅茶へミルクと砂糖を多めに足し、ソーサーへ載せてアリスの前へ。

勇者様は嬉しそうにカップを抱え、

「『アルヴァーン』の姓をあげる。カレンにも。好きにしていい。証は『白夜』」


時が停まった。

暖炉の炎すらも、動いていないかのような錯覚に陥ってしまう。

動揺し、アリスのチーズケーキをフォークで少し切って食べ聞き返す。

「——……冗談」「じゃない。真剣。シセも認めた。あと、これは私の」

勇者様は頬を膨らませ、剣を僕の膝へ下ろした。

この子本気だ。

……ま、まさか昨日、リディヤとステラが古教会に残ったのは。

恩師へ救援を目で求めるも、優雅にお代わりの紅茶を入れている。敵かっ。

髪をかき上げ、全力で窘める。

「いやいやいや。そ、そんな簡単に貰えるものじゃ！」

「私が認めた。数百年ぶりの【天槍】も綺麗だった。きっと、神代と人代の狭間で星継ぎし『アレン・エーテルフィールド』と『カレン・アルヴァーン』も今世では同じ姓になることを喜ぶ」

「数百年？　それにその名前は？？　い、いやだけどさ……い、幾ら何でも」

「兄さん、私は賛成です」

疑問と戸惑いを解消する前に、入り口から凛と、妹の声がした。

紫電が散り――僕の左隣にお澄まし顔で着席する。昨日、皇宮に赴いた際と同じ大人っぽい紫のドレス姿だ。きっと、メイドさん達は予備も持ち込んでいたのだろう。

首元のネックレスが光を反射し輝いた。

「カレン……」

「先程、話を伺いました。常に名乗る必要もないそうなので、公的なやり取りの際には有用だと思います。リディヤさんやリリーさん、ステラとティナも賛同を」

「なっ⁉　や、やっぱり……教授」

僕は退路を塞がれ、情けない声で恩師に救援を求めた。

――褒賞としての『姓』の下賜。

文献等によれば大陸動乱前は盛んに行われていたとされるけど。

教授がソーサーにカップを置いた。

「良いんじゃないかな？　アルヴァーン大公殿下の言には逆らえないし」

う、裏切りだっ！　これは、許し難い裏切り行為だっ‼　一瞬で利害を考えて、僕へ今以上に厄介事を押し付ける肚だっ!!!　僕は両目を手で覆った。

「……少し、考えさせてほしい」

「ん。『シキの書庫』へ行く前に、チーズケーキをたくさん作り置きしておいてくれるなら、許可。神すらも成し得なかった、人の『蘇生』を史上唯一成し遂げた【本喰い】の禁書の下巻もそこにある。七つ目の『儀式場』と、『最終儀式場』への道標も」

さらりととんでもない発言をし、アリスは美しく微笑んだ。

……シキの地にある『儀式場』は八つ目ではないのか。

「『アレン・アルヴァーン』『カレン・アルヴァーン』――フフ、とても良い響き」

「同感です」

「紫がぅがぅは話が分かる良い子。私の妹にしてもいい」

「背丈と胸的にアリスさんが妹だと思います」

「「……フフフ♪」」

勇者な少女と、今や王国でも屈指の遣い手となった妹が和やかに？　語り合う。

嗚呼、どうしてこんなことに。

ガンっ――突然、扉に大穴が開いた。

「今……不吉な言葉が聞こえたのだけれど？　カレン？？」

拳を引き抜き、肩を怒らせる紅のドレス姿のリディヤが、妹へ刃の如き鋭い視線。大学校の後輩達なら震えあがっているところだ。

けれど、そこは可憐で強い妹。

全く意に返さず、僕の左手を取った。

「気のせいなんかじゃありません。さ、兄さん、まだ一緒に踊る約束を果たしてもらっていません。雪降る花畑もきっと一興です。行きましょう！」

「え？　あ、うん……。でも、僕は普段着だけど」「問題ありません」

積極的なカレンに促され、席を立つ。

まぁ、兄は妹の我が儘に付き合うのが理かな？

紅髪を怒りで浮かび上がらせ、リディヤが炎羽を生みだしていく。

「……カレン。どうやら、少し調子に乗っているみたいね？」

「いいえ、そんなことはありません。──『カレン・アルヴァーン』。ふふ♪」

「紅い弱虫毛虫にはあげない。『リディヤ・アルヴァーン』は断固、不許可！」

「あ、あんたたちねぇ！！！！」

妹と勇者な少女の連携を受けては、さしもの相方も分が悪いようだ。

僕が炎羽と紫電を消していると──シャツの両袖を引っ張られた。

「ステラ？　リリーさん？」

少し遅れてやって来た、白蒼と淡い紅のこれまたドレスに着替えた二人の公女殿下が照れくさそうにはにかむ。

「ア、アレン様。あの……」「私達とも踊ってくださいますかぁ？」

……みんなが着替えていたのは僕と踊る為か。道理で両家のメイドさん達が気合を入れているわけだ。

片膝をつき、仰々しく頭を下げる。

「こんな僕でよろしければ。お姫様方」

「！　お、お姫様だなんて……えへ、えへへ♪」

ステラは頬を両手の指で押さえ、左右に身体を揺らした。氷華が早くも踊り始める。

立ち上がった途端、

「（花飾り、直してくださってありがとうございました。とても嬉しいです）」

前髪に着けた花飾りに触れた、年上公女殿下に囁かれた。

僕が腕輪をぶつけ合い応じていると、リディヤとカレンが同時に振り返り、叫ぶ。

「「そこの二人っ！　抜け駆け禁止‼」」

「ぬ、抜け駆けなんて……」「せ、正当な権利の行使ですぅ～」

四人の少女の声で室内が一気に騒がしくなった。

きっと、それに釣られたのだろう。慣れ親しんだティナの魔力も近づいて来る。

チーズケーキと格闘中のアリスが僕と視線を合わせ、優しい笑みになった。

「アレン、ティナをよろしく。あの子はきっと——貴方と一緒ならば『星』の運命すらもを大きく変えられるから」

＊

「ん～……こんなものかな？」

その日の晩。

廃教会の一室で僕は工都のシェリル、そして王都のフェリシア宛の手紙を書き終え、ペンを丸机に転がした。捲っていた白シャツの袖を元に戻す。

――今、書くべきことは全て書いたと思う。

エルナー姫が目を覚まされて、行動を起こす前に対処出来れば良いのだけれど……いざと言う時はシェリルにお任せだな。

『ア～レ～ン～？　私にだけ厳しくないかしら？？』

『アレンさ～ん？　私にもっと御仕事を下さいっ！』

脳裏で同期生と番頭さんがむくれる。そんなことはないと思うよ？

窓の外では月夜の下、花弁と雪が舞い、生きた蒼の氷蝶が飛んでいる。

僕に絵心があるのなら思わず描きたくなる位、幻想的な光景だ。

「うう～……メ、メイド服は、メイド服はぁ………」「♪」

ベッドの中で白の寝間着を着たレナがアトラとリアに挟まれ、寝言を零している。

昼間、ティナやメイドさん達に散々着せ替え人形にさせられていたのだ。

幼女達の頭を撫でていると、控えめなノックの音。

「兄さん、起きていますか？」

「起きているよ、カレン」

入り口の扉が静かに開き、淡い紫色の寝間着を着た妹がいそいそと部屋へ入って来た。

ソファーに腰かけてクッションを抱きかかえ、甘えた表情。

「えっと……何だか眠れなくて」

「こっちに来て、短時間で色々なことがあったからね。しかも、この後は謎が多いシキの地へ行かないといけないみたいだし」

僕達は恐るべき聖霊教使徒次席『黒花』を遂に打倒した。

ただ、大精霊と大精霊の重ね合わせは、暴走すれば一都市すらも容易に殲滅し得る。

あの少女ならば……全てを俯瞰し操っているような不気味さを持つ偽聖女ならば、イオの戦果を認識次第、戦場投入に躊躇はしないだろう。

新たな大精霊『冥狼』を誰が操っているのかも気にかかるし、前途多難だな。

椅子に戻ろうとすると、カレンは自分の隣を手と尻尾で叩いた。

僕はお兄ちゃんなので、妹の要求には基本従わなければならない。

ソファーに腰かけると、すぐさま肩をくっつけ、カレンは寄りかかってきた。

「今回も大変でしたね」

「うん。――巻き込んで」「謝ったらキスします」

ぐりぐりと頭を僕の頭に押し付け、頰をぷくり。

可愛い。可愛いけれど。

「……カレン、そういうことを言うのはさ」「兄さんにしか言いません」

横を向くと妹も同時に首を動かし、視線が合った。

僕の頰へ妹が手をゆっくりと伸ばしてくる。

「アリスさんに聞いたんです。昔々――『アルヴァーン』の一族にも『カレン』という名前の方がいて、兄の名は『アレン』だった、と」

「へ、へぇ……偶然だね」

――まずい。何となくだけど、この空気はまずいっ。

かといって、視線も外せない。カレンが悲しむ。

「星を一度救った『アレン』には事情があって、『アルヴァーン』にならなかったそうなんですけど……私と兄さんがそうなって本当に嬉しい、と仰っていました」

アリス⁉　その話、僕は聞いていないよっ！

随分と大人っぽくなった妹が頰を染め、はにかむ。

「『アレン・アルヴァーン』と『カレン・アルヴァーン』――本当に良い響きですね」

「カ、カレン、あのさ」

僕が言葉を続ける前に、妹は双眸を潤ませ「兄さん、私は……」と小さく呟き、

「は～い★　そこまでですぅ～♪」「「！」」

窓から寝間着姿のリリーさんがティーポットやカップを手に、部屋へ侵入してきた。

呆気に取られる僕達を無視し、てきぱきとお茶の準備を始めニッコリ。

「カレンさぁん？　みんなで『今晩は抜け駆けしない』と決めましたよね？」

「そ、それは……わ、私は妹、妹なのでっ！　だ、第一、リリーさんだって」

「私はメイドさんなので～♪」

「こ、答えになってませんっ」

妹と年上メイドさんが何時も通り仲良く？　やり取りを開始した。魔力も漏れているし、遠からずリディヤ達も乱入してきそうだ。

僕は窓の外へ視線をやり、月に祈る。

――どうか、こんな平穏が出来る限り長く続きますように。

一陣の風が花弁と雪を舞い散らし、蒼の氷蝶が透き通った羽根を羽ばたかせる。

行き先は南方のようだった。

あとがき

五ヶ月ぶりの御挨拶、七野りくです。

今巻作成中、体調を過去最悪に崩しまして……いやぁ、びっくりしました。

好事魔多し。過信は禁物ですね。気を付けます。

それはそうと表紙のカレン、可愛くありませんか？

挿絵もフィアーヌさんを出せて、良かった！　次は何処かでロミーさんを……。

本作はＷＥＢ小説サイト『カクヨム』で連載中のものに、加筆——……いや、うん。加筆です。一語でも使っていたら加筆なのです。

内容について。

実のところ、今巻でカレンを前面に出す予定はありませんでした。

ですが、アリスというキャラは作中で一、二を争う程に扱いが難しいキャラであり、今巻で誰と絡めるのか？　と自問自答した時「カレンだな」と。

なお、短剣の鍛え直しは水面下で動いています。あれ、何分とんでもない代物（※長命種の古老が卒倒するレベル）なので時間がかかるんですよ。

リリーさんの過去話は予定通りです。

あの後もなんやかんや色々あるので、何れ何処かで書きたいですね。

十八巻も頑張って書こうと思います。表紙は決まっていません！

宣伝です。

『公女殿下の家庭教師』、２０２５年ＴＶアニメ化決定！

全世界シリーズ累計（電子書籍含む）でも85万部を突破したそうです。ありがたや。

お世話になった方々へ謝辞を。

担当編集様、大変、大変ご面倒おかけしました。十八巻も頑張ります。

ｃｕｒａ先生、今巻も最高でした！　レナ、本当にありがとうございます。

ここまで読んで下さった全ての読者様にめいっぱいの感謝を。

また、お会い出来るのを楽しみにしています。次巻、裏切者が夢見たものは。

七野りく

お便りはこちらまで

〒一〇二‐八一七七
ファンタジア文庫編集部気付
七野りく（様）宛
ｃｕｒａ（様）宛